BASTEI LÜBBE

Taschenbücher von SANDRA BROWN
im BASTEI-LÜBBE-Programm:

18 107 Verführte Herzen
18 109 Verlorene Hoffnungen
18 111 Ungezähmte Träume
18 118 Träume einer Nacht
18 120 Diese unendliche Zärtlichkeit

SANDRA BROWN

DIE FRAU, DIE ES ZWEIMAL GAB

Roman

Ins Deutsche übertragen
von Britta Berg

BASTEI
LÜBBE

BASTEI-LÜBBE-TASCHENBUCH
Band 18 121

Erste Auflage:
März 1994
Zweite Auflage:
April 1994

Published by arrangement
with Bantam Books, a division
of Bantam Doubleday Dell
Publishing Group, Inc.
Dieser Roman stammt aus der
amerikanischen Taschenbuch-
reihe
»Loveswept«
»Loveswept« ans the wawe device
are trademarks of
Bantam Books, Inc.

Deutsche Lizenzausgabe
1986/1994
by Bastei-Verlag Gustav H.
Lübbe GmbH & Co., Bergisch
Gladbach
Originaltitel: Breakfast in Bed
Umschlaggestaltung:
Quadro Grafik, Bensberg
Satz: KCS GmbH,
Buchholz/Hamburg
Druck und Verarbeitung:
Brodard & Taupin,
La Flèche, Frankreich
Printed in France

ISBN 3-404-18121-2

Der Preis dieses Bandes
versteht sich einschließlich der
gesetzlichen Mehrwertsteuer.

1

»Bist du eigentlich total verrückt geworden?«

»Wieso? Ich finde die Idee prima!«

»Es ist eine völlig hirnverbrannte Idee! Das haben wir nicht mehr gemacht, seit wir Kinder waren.«

»Aber wir sind doch immer damit durchgekommen, oder?«

Allison Leamon sah ihre Schwester Ann empört an – und es war, als blickte sie auf ihr Spiegelbild.

Ann hatte es sich im Schneidersitz mitten auf Allisons Bett bequem gemacht. Allison wandte ihrer Schwester nun den Rücken zu und fing an, sich die Haarnadeln aus dem straff zusammengeschlungenen Knoten zu ziehen, dann nahm sie ihre Bürste und kämmte sich die rotbraunen Haare durch, bis sie locker auf ihre Schultern fielen.

Ann hatte ihre Schwester die ganze Zeit beobachtet. »Also, wie ist es, Allison?« fragte sie schließlich und seufzte. »Machst du nun mit oder nicht?«

»Nein. Ich habe dir eben schon gesagt, daß die ganze Sache verrückt ist, genauso verrückt wie deine Idee, dir den Busen vergrößern zu lassen.«

»Ich will aber nicht für den ganzen Rest meines Lebens mit einem so flachen Busen durch die Gegend laufen!«

»Wir haben keinen flachen Busen«, widersprach Allison, während sie wie zur Bestätigung schnell einen Blick in den Spiegel warf.

»Aber einen Riesenbusen haben wir auch nicht«, maulte Ann.

»Na und?« antwortete Allison. »Wenn wir einen hätten, würde er in ein paar Jahren doch nur zu einem Hängebusen.« Sie legte ihre Bürste weg und wandte sich wieder zu ihrer Schwester um. »Ann, bitte, laß dir das alles noch einmal durch den Kopf gehen. Es ist wirklich albern. Das mußt selbst du zugeben.«

Ann lachte. »Warum mußt du eigentlich immer so schrecklich vernünftig sein, Allison?« fragte sie. »Kannst du nicht auch mal ein bißchen locker und frivol sein? Sieh doch mal in den Spiegel. Wenn du die Haare so wie jetzt offen trägst, wirkst du richtig sexy. Möchtest du das nicht auch sein?«

»Ich möchte es nicht sein, und ich werde es auch nie sein«, erklärte Allison. »Es ist nicht unbedingt das Aussehen, das zählt.«

Ann schaute ihre Schwester leicht entnervt an. »Ja, ja, ich weiß«, sagte sie spöttisch, »nicht das Aussehen zählt, sondern die inneren Werte. Das hast du mir schon tausendmal gesagt!«

»Du kannst dich ruhig darüber lustig machen, Ann, aber so denke ich nun mal. Und mir ist es wesentlich lieber, intelligent als eine Sexbombe oder so etwas zu sein!«

Ann zuckte mit den Schultern. Ihre Schwester war wirklich ein hoffnungsloser Fall! Das einzige, was Allison wirklich interessierte, waren ihre Arbeit, ihr heißgeliebtes Labor und all diese seltsamen Kulturen, die sie dort wachsen lassen konnte. »Allison, tust du mir nun den Gefallen oder nicht?« wollte sie dann wissen.

»Ich werde dir in keiner Weise helfen«, antwortete Allison fest. »Warum mußt du auch so ein Theater darum machen? Warum kannst du Davis nicht schon vorher davon erzählen?«

»Weil es eine Überraschung werden soll, du Dummkopf!«

»Davis mag dich doch so, wie du bist«, argumentierte Allison. »Schließlich will er dich doch heiraten, oder?«

»Stellst du dich nur so dumm, oder weißt du wirklich nicht, daß alle Männer verrückt nach einem großen Busen sind?« meinte Ann und schüttelte den Kopf.

»Nein, du stellst dich nicht dumm«, beantwortete sie gleich darauf ihre Frage selbst. »Du weißt es wirklich nicht. Weil du nämlich keine Männer kennst!«

»Ich kenne sehr wohl einige Männer!« meinte Allison leicht beleidigt.

»Aber die sind superschlau und tödlich langweilig!«

»Es sind Wissenschaftler«, berichtigte Allison ihre Schwester.

»Na, das sage ich doch: superschlau und langweilig!« murmelte Ann vor sich hin. Plötzlich verlor sie die Geduld. »Ich will einen größeren Busen haben«, fuhr sie ihre Schwester an. »Verstehst du, ich *will*! Ich brauche das für mein Selbstbewußtsein. Davis wird hin und weg sein, wenn er mich hinterher sieht. Und alles, worum ich dich bitte, ist, mir ein bißchen zu helfen. Ich weiß gar nicht, weshalb du dich so darüber aufregst!«

»Dir ein bißchen zu helfen!« antwortete Allison. »Du bist wirklich verrückt. Dein ›bißchen helfen‹ sieht so aus, daß ich so tun soll, als wäre ich du, während du dich in irgendeiner Klinik versteckst!«

»Es ist doch nur für ein paar Tage«, bettelte Ann. »Solange, bis die Verbände abgenommen werden.«

Allison konnte sich mit dem Vorschlag ihrer Schwester immer noch nicht anfreunden. »Und was ist mit deinem Job?« erkundigte sie sich.

»Das ist kein Problem, ich habe mir eine Woche Urlaub genommen«, meinte Ann. »Du kannst also wie immer arbeiten gehen und brauchst nur am Abend mit Davis zusammen zu sein.«

»Und was machst du in der Zwischenzeit? Versteckst du dich in deinem Schlafzimmer unter der Bettdecke?«

»Ich bleibe in der Klinik. Das ist zwar teuer, aber sicherer als zu Hause. Allison, es ist wirklich absolut kein Problem!«

Allison begann, im Zimmer auf und ab zu gehen. »Annie, das ist total verrückt«, sagte sie. »Und außerdem, du und Davis – erwartet er nicht, daß du ..., daß ich ... ich meine ...« Sie geriet ins Stottern.

»Daß er mehr möchte als nur Händchen halten?« Ann lachte, als sie merkte, wie ihre Schwester rot wurde. »Dem habe ich auch schon vorgebeugt. Ich habe ihm nämlich erzählt, daß der Arzt mir eine neue Pille verschrieben hat und daß wir wegen der Umstellung drei Wochen lang nicht zusammen schlafen könnten.«

»Aber das ist doch lächerlich«, protestierte Allison.

»Stimmt«, gab Ann ihr recht. »Du bist Biologin, ich bin eine Frau, und wir beide wissen, daß das Unsinn ist, aber Davis weiß es nicht! Natürlich hat ihm das nicht gepaßt, aber was will er denn schon machen? Siehst du«, fügte sie zufrieden hinzu, »jetzt brauchst du auch keine Angst zu haben, daß Davis dich in sein Bett zerren will. Und außerdem ist es doch sowieso nur für drei oder vier Tage.«

Allison verschränkte nervös ihre Finger. Sie ahnte, daß sie nachgeben würde, so wie sie immer nachgegeben hatte, wenn Ann sie um etwas gebeten hatte – selbst wenn ihr gesunder Menschenverstand sich jedesmal dagegen gesträubt hatte.

»Ach, Ann«, meinte sie schließlich. »Als wir noch Kinder waren, war es ja ganz lustig, die Rollen zu tauschen, um Mom und Dad oder die Lehrer hereinzulegen – aber jetzt? Ich habe das Gefühl, daß etwas ganz Schreckliches passiert, wenn ich dir helfe.«

»Unsinn! Du bist nur ein alter Pessimist, nichts wird passieren, glaub mir das! Ich bin mir hundertprozentig sicher.«

»Und ich soll für die Zeit in deine Wohnung ziehen?«

»Ja, so ist es am bequemsten. Und Davis schöpft dann auch keinen Verdacht.«

Nun ja, dachte Allison mißmutig, mich wird schon

keiner vermissen, wenn ich nicht zu Hause bin. »Und muß ich dann auch deine Sachen anziehen?« fragte sie wenig begeistert.

»Klar«, antwortete Ann und musterte Allisons einfachen blauen Rock und deren weiße Bluse mit deutlichem Abscheu.

»Dann muß ich ja auch die ganze Zeit meine Kontaktlinsen tragen«, murrte Allison. »Davon bekomme ich immer Kopfschmerzen.«

»Besser Kopfschmerzen als diese Brille, mit der du wie eine alte Eule aussiehst«, erwiderte Ann.

»Und mein Haar . . .«

»Hör doch endlich mit deinem Gemeckere auf!« unterbrach Ann ihre Schwester. »Dein Haar sieht super aus, wenn es offen ist.« Sie sprang vom Bett und baute sich vor Allison auf, die Hände in die Hüften gestemmt. »Hilfst du mir nun oder nicht, Allison?« fragte sie. »Bitte, es ist schrecklich wichtig für mich!«

Allison seufzte. Immer, wenn Ann etwas haben wollte, war es schrecklich wichtig für sie – und gewöhnlich schaffte sie es auch, ihre weniger abenteuerlustige Schwester zu überreden, sie bei ihren Plänen zu unterstützen.

Allison drehte sich um und betrachtete sich im Spiegel. Könnte sie wirklich als Ann durchgehen? Ann, die nie Probleme mit Leuten oder irgendwelchen schwierigen Situationen hatte; Ann, die vor Charme nur so sprühte, während sie, Allison, eher wie ein farbloses Mauerblümchen wirkte.

Ann kam auf sie zu und stellte sich neben sie. Ohne Brille und mit den offen fallenden Haaren war Allison wirklich das genaue Abbild ihrer Schwester.

Nun ja, drei Tage gehen schnell vorbei, dachte Allison. Und schließlich ist Ann mein Zwilling, die einzige Schwester, die ich habe. Außerdem lassen sich lebenslange Gewohnheiten nicht von einem Tag auf den andern abschütteln.

Allison lächelte, aber ihr Lächeln war ein bißchen mißglückt. »Bist du dir eigentlich klar darüber«, wandte sie sich an Ann, »daß uns in Zukunft die Leute immer auf den Busen starren müssen, wenn sie herausfinden wollen, wer wer ist?«

»O Allison!« rief Ann. »Dann machst du also mit?« Sie schwenkte ihre Schwester herum und fiel ihr dann überschwenglich um den Hals. »Ich wußte doch, daß du mich nicht im Stich lassen würdest! Hier hast du meinen Verlobungsring.« Sie zog ihn ab und steckte ihn ihrer Schwester an den Finger. »Aber wehe, wenn du wagst, ihn zu verlieren!« Sie schwieg einen Moment. »Und außerdem muß ich dich noch wegen heute abend einweihen.«

»Wegen heute abend?«

»Ja. Davis und ›ich‹ sind mit seinem besten Freund zum Abendessen verabredet. Ich habe ihn bis jetzt noch nicht kennengelernt, und Davis meinte, es sei an der Zeit, das nachzuholen.«

»O Annie!« jammerte Allison.

»Warte nur, bis du sie kennenlernst, Spencer!« schwärmte Davis. »Sie ist einfach hinreißend! Süß und clever, und ihre Figur – o Mann! Und erst ihr Gesicht! Wirklich, sie ist wunderschön!«

Davis, dem plötzlich auffiel, wie sein Freund grinste, machte ein schuldbewußtes Gesicht und fügte schnell hinzu: »Rede ich etwa zu viel von ihr?«

Spencer lachte. »Du bist eben verliebt, Davis, da ist so was ganz normal. Sag mal, wann wollt ihr eigentlich heiraten?«

Davis hatte Spencer am Flughafen von Atlanta abgeholt, und nun fuhren sie in die Stadt zu dem Restaurant, wo sie Ann treffen sollten.

»Gott sei Dank bald, Ende Juni«, antwortete Davis. »Und du bist doch hoffentlich mein Trauzeuge – oder schipperst du dann schon wieder irgendwo übers Meer?«

Spencer schüttelte den Kopf. »Nein, ich bleibe erst mal hier. Ich kann doch nicht zulassen, daß mein bester Freund ohne meinen Beistand heiratet!«

Davis warf einen Blick auf den Mann neben sich. »Weißt du«, fing er an, »wenn ich Ann nicht hätte, würde ich dich beneiden. Du segelst mit deiner Jacht um die ganze Welt, hast in jedem Hafen eine schöne Frau, erlebst Abenteuer und bist völlig ungebunden. Das muß ein Leben sein!« Er seufzte.

Spencer sah gedankenverloren nach draußen auf die Straße.

»Es ist nur halb so aufregend, wie du es dir vorstellst«, meinte er, während er die Wolken betrachtete, die von der untergehenden Sonne rosig gefärbt wurden.

Plötzlich lachte Davis. »Weißt du eigentlich, daß ich gar keine Ahnung habe, was du so treibst, beruflich, meine ich?«

»Und ich werde es dir auch nicht verraten«, sagte Spencer. »Es ist ein Geheimnis.«

»Du machst eine Unmenge Geld«, zählte Davis auf, »du bist dein eigener Chef, und du kannst arbeiten, wo immer du willst.« Er sah seinen Freund an. »Dich kann jeder für einen Job anheuern, hab' ich recht?«

»Ich kann wirklich nicht darüber reden, Davis. Das läuft unter ›Geheimsache‹«, antwortete Spencer.

Davis stieß einen leisen Pfiff aus. »Dann hast du bestimmt was mit dem CIA zu tun, oder? Na, ist im Grunde auch egal. Ich verstehe schon, wenn du nicht darüber reden darfst.« Doch dann, plötzlich unruhig geworden, fragte Davis: »Aber es ist doch nichts Illegales, oder? Nichts mit Drogen oder ähnlich schlimmen Sachen?«

Spencer lachte. »Nein, das ist es ganz bestimmt nicht«, versicherte er seinem Freund. »Ich halte mich stets strikt an die Gesetze.«

Davis seufzte. »Gut, dann kann ich dich ja ab und zu doch mal ein bißchen beneiden.«

»Und ich beneide dich darum, daß du mit Ann so glücklich bist.«

»Und gleich wirst du vor Neid garantiert sogar ganz grün werden – da vorn ist nämlich Ann. Habe ich dir nicht gesagt, daß sie einfach hinreißend ist?«

Sie hatten gerade das Restaurant erreicht, und Davis bremste, als er Ann um die Ecke biegen sah. Während er aus dem Sportwagen sprang, rief er ihren Namen. Ann blickte auf, stolperte und fiel der Länge nach hin.

Verdammt, dachte Allison, während sie versuchte, sich wieder aufzurappeln. Bei ihrem Sturz hatte sie sich die Hände und die Knie aufgeschürft, und es brannte höllisch. Und irgend etwas hinderte sie daran, richtig zu sehen. Aber was am meisten schmerzte, war ihr verletzter Stolz. Sie hatte sich lächerlich gemacht.

Diese elenden hohen Absätze! Sie war die Dinger einfach nicht gewöhnt. Diese Sandaletten waren tödlich. Sie, Allison, trug immer flache Schuhe, Ann dagegen nie. Aber was hätte sie schon anderes zu Anns duftigem Chiffonkleid anziehen sollen – ihre Sportschuhe etwa?

»Ann, Darling, hast du dich verletzt?«

Allison hatte sich inzwischen aufgerichtet und balancierte nun auf einem Bein. Ihr zweiter Schuh steckte immer noch in dem Gitter, in dem er sich verfangen hatte, und sie versuchte, ihn mit dem anderen Fuß herauszuangeln. »Nein, mir geht's prima«, antwortete sie Davis unfreundlich.

Allison hielt den Kopf gesenkt. Irgend etwas mit ihren Augen war nicht in Ordnung, aber sie fand nicht heraus, was es war. Irgendwie sah die Welt anders aus als sonst.

Plötzlich gab ihr verletztes Knie unter ihr nach, und sie drohte erneut zu fallen.

»Ann!« rief Davis und griff nach ihr.

Aber es war ein anderes Paar Arme, das Allison auffing. Sie spürte, wie sie an eine beruhigend breite und starke Brust gezogen wurde. Dankbar lehnte sie sich einen Moment dagegen, während sie ihre Schwester und ihre eigene Dummheit verfluchte. Warum saß sie jetzt nicht gemütlich zu Hause in ihrer Wohnung und las ein interessantes Buch?

»Darling, du hast dich ja doch verletzt!« rief Davis besorgt aus.

»Nein, mir geht's wirklich ganz prima«, versicherte Allison und hob den Kopf.

Doch dann stutzte sie. Der Mann, der sie hielt, war gar nicht Davis! Davis hatte hellbraunes Haar – und dieser hier hatte dunkles. Und dunkle Augenbrauen. Er trug ein rohseidenes Jackett und einen Schal. Aber warum nur war alles so verschwommen? Allison konnte noch nicht einmal die Gesichtszüge dieses Fremden klar erkennen. Sie konnte gar nichts klar erkennen!

Du lieber Himmel, dachte Allison erschrocken, ich muß meine Kontaktlinsen verloren haben!

»Mein Schuh!« meinte sie, machte sich aus der Umarmung frei und ging in die Knie, um nach ihrem Schuh zu tasten. Dabei hoffte sie, daß vielleicht ein Wunder geschah und sie wenigstens eine ihrer Kontaktlinsen wiederfand.

»Hier ist deine Handtasche, Liebling!« sagte Davis und hielt ihr die Tasche hin.

»Ich hole Ihren Schuh heraus.« Die Stimme klang tief und beruhigend, nicht so aufgeregt wie die von Davis.

Armer Davis! Trotz allem hätte Allison beinahe gelacht. Davis mußte völlig verstört von der so ungewohnten Tolpatschigkeit seiner geliebten Ann sein. Da hatte sie wirklich einen hervorragenden ersten Eindruck auf seinen Freund gemacht!

Aber das war ihr im Moment eigentlich ziemlich egal. Nur eine Frage bewegte sie jetzt: Wie sollte sie diesen Abend durchstehen, wenn sie so gut wie blind war?

Sie zuckte zusammen, als sich eine warme Hand um ihren Fuß schloß und ihr in ihren Schuh half.

»Oh – habe ich Ihnen jetzt etwa weh getan?« Die Hand strich leicht über ihren Fuß.

»Nein, es ist nur ...« Allison unterbrach sich. Sie wußte nicht, was sie antworten sollte. Fast hätte sie gesagt, daß sie nicht daran gewöhnt war, daß ein Mann ihr ihre Schuhe anzog. Na prima, dachte Allison, mach nur weiter so! Dann ist es wirklich besser, wenn du den ganzen Abend den Mund hältst!

Allison merkte, daß der Mann sich aufrichtete. Soviel konnte sie erkennen, daß er ziemlich groß war. Verlegen strich sie sich das Haar aus dem Gesicht.

»Ich komme mir wirklich unmöglich vor«, sagte sie und verzog die Lippen – zu einem Lächeln, wie sie hoffte.

»Nun ja, du hast tatsächlich ein bißchen seltsam da unten auf dem Boden gewirkt«, meinte Davis. Liebevoll legte er ihr den Arm um die Schultern und küßte sie auf die Nasenspitze. »Bist du auch ganz sicher, daß du dir nicht weh getan hast?«

»Ganz sicher«, antwortete sie und versuchte verzweifelt, etwas mehr von seinem Gesicht als nur eine verschwommene Fläche zu erkennen. »Und das ist dein Freund Spencer?«

Sie wandte sich dem Fremden zu und streckte ihm auf gut Glück die Hand entgegen – nur um sie ihm in den Bauch zu rammen.

»Ann, darf ich dir Spencer Raft vorstellen, meinen besten Freund?«

»Ihre Hand blutet«, antwortete Spencer nur.

»Oh«, meinte Allison erschrocken. »Habe ich Sie jetzt etwa vollgeschmiert?«

»Nein, es geht schon. Hier . . .« Allison spürte, wie er ihr mit etwas Weichem vorsichtig die Hand abrieb. Sie zuckte zusammen – nicht, weil er ihr weh tat, sondern weil seine Berührung eine ganz seltsame Reaktion in ihr auslöste. Eine Reaktion wie sie sie noch nie erlebt hatte.

»Was meinst du, Davis«, fragte Spencer, »sollen wir Ann nicht lieber nach Hause bringen?«

»O nein«, wehrte Allison ab. Ann würde sie umbringen, wenn sie diesen Abend vollends ruinierte! »Mir geht's wirklich prima. Wenn ich mich fünf Minuten in den Waschraum zurückziehen kann, kann ich den ganzen Schaden leicht reparieren.«

Und vielleicht schickt ein gütiges Schicksal mir einen Blindenhund vorbei, fügte sie im stillen hinzu, wenn auch ohne große Hoffnung.

»Bist du ganz sicher?« wollte Davis wissen.

»Aber natürlich«, behauptete Allison gespielt fröhlich.

»Dann komm«, erwiderte er und nahm ihren Arm. Er führte Allison zu dem Restaurant, und Spencer folgte ihnen.

Kaum hatten sie das Lokal betreten, entschuldigte Allison sich und machte sich auf den Weg zur Toilette. Als sie sicher war, daß Davis und Spencer sie nicht mehr beobachten konnten, zog sie schnell ihre Brille aus der Tasche und setzte sie auf.

Als sie sich im Spiegel inspizierte, stellte sie fest, daß der Schaden gar nicht so groß war. Ihr Haar war ein bißchen durcheinander geraten, aber das ließ sich mit ein paar Bürstenstrichen schnell beheben. Die Hände spülte Allison mit kaltem Wasser ab, dabei stellte sie fest, daß die Kratzer doch nicht so schlimm waren. Das einzige, was sich nicht reparieren ließ, war die Laufmasche in ihrem Strumpf.

Allison warf einen letzten Blick in den Spiegel – und es war wirklich Ann, die da zurückschaute. Die veränderte Frisur, das Make-up, das Kleid – dies alles machte die Verkleidung perfekt.

Allerdings war Allison ein wenig erschüttert gewesen, als sie im Apartment ihrer Schwester das meergrüne Chiffonkleid angezogen hatte, das Ann sie gebeten hatte zu tragen. Sie hatte augenblicklich in der Klinik angerufen, in der ihre Schwester sich befand.

»Hallo, Schatz, mir geht's hervorragend«, hatte Ann gesagt, bevor Allison auch nur die Chance gehabt hatte, mehr auszusprechen als ihren Namen. »Sie haben mir Blut abgenommen und eine Röntgenaufnahme von meiner Brust gemacht. Und gleich ist's Zeit fürs Schlafengehen. Der Eingriff wird morgen früh vorgenommen.«

Obwohl Allison sich natürlich Sorgen um ihre Schwester machte, war ihr in diesem Moment jedoch etwas ganz anderes wichtig gewesen. »Hör mal, Ann«, hatte sie gesagt, »ich hatte eigentlich etwas ganz anderes wissen wollen. Wo hast du den BH, den du sonst unter dieses grüne Kleid anziehst? Ich habe alle anprobiert, aber sie schauen immer hervor.«

»Dummchen«, hatte ihre Schwester mit einem Lachen erwidert. »Unter diesem Kleid trägt man keinen BH!«

»Aber ... aber ... dann bin ich ja so nackt!«

»Das ist ja gerade der Witz an diesem Kleid.«

»Ann, ich werde etwas anderes anziehen. Es kommt

überhaupt nicht in Frage, daß ich dieses Kleid anlasse!« Sie schwieg einen Moment, während sie überlegte. »Meinst du nicht, ich könnte statt dessen dieses . . .«

»Untersteh dich!« hatte ihre Schwester sie unterbrochen. »Was meinst du wohl, warum das Davis' Lieblingskleid ist?«

Wieder lachte Ann. »Und außerdem hat er sich extra gewünscht, daß ich es heute abend anziehe!« Und damit hatte ihre Schwester die Diskussion beendet.

Auf dem Weg zum Restaurant hatte Allison mehr oder weniger verdrängt, wie unwohl sie sich in diesem tiefausgeschnittenen Kleid fühlte. Das Oberteil, das für ihren Geschmack viel zu viel von ihrem Busen zeigte, wurde nur von dünnen Spaghettiträgern gehalten. Doch der Blick in den Spiegel hatte sie wieder daran erinnert.

Himmel, wie war Ann bloß auf die Idee gekommen, sich einen größeren Busen zu wünschen? Sie hatten doch nun wahrlich genug, wie dieses entsetzliche Kleid ihr deutlich zeigte! Hoffentlich passierte kein Malheur, wenn sie sich zu weit vorbeugte!

Aber nun war es eindeutig zu spät, sich Sorgen darüber zu machen. Sie hätte eben vorhin nicht schon wieder ihrer Schwester nachgeben sollen!

Seufzend machte Allison sich auf den Weg zurück zu David und Spencer, nachdem sie ihre Brille wieder in der Handtasche verstaut hatte. Glücklicherweise führte ein Kellner sie zu dem Tisch, denn sonst hätte sie die beiden sicher nie gefunden.

Die Herren standen auf, als Allison an den Tisch trat.

»Alles okay?« fragte Davis, während er ihr den Stuhl zurechtrückte.

»Bis auf eine Laufmasche, ja.«

»Das macht doch nichts«, antwortete er. »Du siehst auch mit einer Laufmasche süß aus.« Dann beugte er sich zu ihr hinüber und küßte sie leicht auf die Lippen. Allison mußte sich sehr zusammenreißen, um nicht vor ihm zurückzuweichen.

»Danke, Davis. Dabei fühle ich mich wirklich schrecklich. Daß mir so was aber auch passieren mußte!«

Es tat ihr wirklich um Davis' willen leid. Davis Lundstrum war zwar nicht unbedingt ihr Typ, aber Ann betete ihn an, und deshalb wollte Allison alles tun, um diesen Abend so gut wie möglich über die Bühne zu bringen. Davis entsprach genau dem Bild des typischen Amerikaners: Er sah gut aus, war anständig, freundlich, gutmütig und erfolgreich in seinem Beruf, der irgendwas mit Computern zu tun hatte.

»Ach, Liebes, es war einfach Pech, ein dummer Unfall«, meinte Davis und legte unter dem Tisch eine Hand auf ihr Knie. Als Allison zusammenzuckte, schaute er sie besorgt an. »Was hast du denn?« wollte er wissen.

»Das war nur das Knie, auf das ich gefallen bin.«

»Tut mir leid, Schatz«, erwiderte er und zog seine Hand zurück.

Allison war erleichtert.

»Ich bin froh, daß nichts Schlimmeres passiert ist«, sagte Spencer.

Allison wandte sich ihm zu und war irgendwie enttäuscht, daß sie sein Gesicht nicht deutlicher erkennen konnte. Er hatte eine tiefe, angenehme Stimme. Immerhin wußte sie, daß er groß war, denn sie hatte ihm kaum bis ans Kinn gereicht, als er sie in den Armen gehalten hatte.

»Davis hatte sich sehr auf Ihren Besuch gefreut«, sagte sie nun zu ihm.

»Und ich konnte es schon gar nicht mehr erwarten, Sie kennenzulernen«, antwortete er. »Davis hat vom Flughafen bis hierher von nichts anderem als von Ihnen geredet.« Er lachte. »Und dennoch ist er Ihnen mit seinen Worten nicht gerecht geworden. Sie sind noch hübscher, als er Sie beschrieben hat, und ich freue mich, daß mein bester Freund eine so schöne Braut hat.«

»Oh, danke«, meinte Allison. In diesem Augenblick verwünschte sie sich selbst. Es kam selten vor, daß ein Mann etwas so Nettes zu ihr sagte. Warum konnte sie nicht so wie Ann sein und auf ein solches Kompliment mit einer lockeren und witzigen Bemerkung reagieren?

Statt dessen saß sie hier und hatte das Gefühl, daß sie den ganzen Abend über nicht einen zusammenhängenden Satz herausbringen würde.

Und die nächste Katastrophe war ja auch schon vorprogrammiert. Wie sollte sie gleich essen, ohne daß ihr die Hälfte auf den Schoß fiel? Oh, wenn sie Ann in die Finger bekam . . .

Aber Allison war auch noch aus einem anderen Grund höchst unbehaglich zumute. In diesem schrecklichen Kleid ihrer schrecklichen Schwester fühlte sie sich immer noch halbnackt. Und weil sie nicht richtig sehen konnte, konnte sie auch nicht beurteilen, ob die Blicke der Männer auf ihr Dekolleté gerichtet waren.

Sie traute sich kaum, sich zu bewegen. Ob es Spencer wohl aufgefallen war, daß sie unter dem dünnen Stoff keinen BH trug? Komisch, daß es sie gar nicht interessierte, ob Davis das merkte oder nicht.

Als der Kellner die Getränke brachte, erklärte Davis Allison, daß er »das übliche« für sie bestellt habe. Sie versuchte, einen Seufzer zu unterdrücken. Sie selbst trank kaum, aber so, wie sie Ann kannte, bevorzugte ihre Schwester etwas stark Alkoholisches.

Allison stutzte, als der Kellner die Getränke auf den Tisch stellte. »Das sind ja zwei Gläser!« sagte sie erstaunt. Oder sah sie inzwischen schon doppelt?

Davis lachte. »Du hast eins doch immer so schnell ausgetrunken, Darling. Prost!«

Allison tastete nach ihrem Glas. Sie schaffte es, es aufzunehmen und an ihren Mund zu führen, ohne daß sie etwas verschüttete. »Prost!« antwortete sie und nahm vorsichtig einen Schluck.

Wodka Collins, dachte sie, das kann ja heiter werden! Ein halbes Glas, und ich liege unter dem Tisch. Nach dem zweiten Glas können sie mich bewußtlos nach Hause schaffen! Du lieber Himmel, wie sollte sie das nur überleben? Warum klärte sie nicht einfach die ganze Maskerade auf, bevor wirklich ein Unglück geschah?

Ganz einfach: weil Ann dann in ihrem ganzen Leben nie wieder ein Wort mit ihr sprechen würde, deshalb!

»Ihre Vorspeise, Madame«, sagte in diesem Augenblick der Kellner und wartete darauf, daß sie ihren

Arm wegnahm, damit er den Teller abstellen konnte.

»Ich habe *pâte de foie gras* für dich bestellt, Liebling«, erklärte Davis. »Ich weiß doch, wie sehr du sie magst.«

Allison glaubte, ihr Magen würde sich umdrehen. Egal, was man alles in diese Pastete gestopft hatte und wie fein sie verarbeitet war, es war und blieb Leber. Und Leber war etwas, was sie noch nie hatte hinunterschlukken können, ohne daß ihr schlecht geworden war.

»Wie lieb von dir, Davis«, erwiderte Allison schwach, »aber ihr beide müßt mir dabei helfen, sie aufzuessen, ja?« Sie lächelte Davis an und tastete nach seiner Hand, und wieder beugte er sich zu ihr, um sie zu küssen. Es schien Allison, als sei sie in ihrem ganzen Leben noch nie soviel geküßt worden wie an diesem Abend.

Der Kellner kam zurück, um ihre Bestellung für den Hauptgang aufzunehmen.

»Du willst dein Steak doch sicherlich nur halb durch haben, nicht wahr?« meinte Davis.

Allison hatte eine tiefe Abneigung gegen nicht ganz durchgebratenes Fleisch. »Ich denke, ich nehme lieber den Hummer«, antwortete sie deshalb.

Doch David lachte, als hätte sie gerade einen herrlichen Witz gemacht. »Das war doch wohl nur ein Scherz«, sagte er schließlich. Dann wandte er sich an Spencer und beugte sich dabei ein wenig vor. »Das letzte Mal, als sie Schellfisch gegessen hat, hat sie am ganzen Körper rote Flecken bekommen. Es war entsetzlich, aber als ich dann auf jeden einzelnen Fleck Salbe schmieren mußte, ist es doch noch ganz lustig geworden.«

»Das kann ich mir vorstellen«, meinte Spencer mit seiner tiefen Stimme.

»Und als wir schließlich fertig waren, hatte ich doppelt soviel Salbe an mir wie Ann!«

Beide Männer lachten, und Allison errötete bis zu den Haarwurzeln, als Davis leicht an ihrem Ohrläppchen knabberte.

»Darling«, sagte Davis dann mit gespielter Strenge, »wenn du dieses entzückende Spiel noch einmal spielen willst, dann kannst du mir einfach Bescheid sagen. Meinetwegen brauchst du deshalb nicht erst eine Allergie zu bekommen!«

Allison schloß die Speisekarte und bemühte sich, auch so zu tun, als fände sie das alles schrecklich lustig. »Es war entsetzlich, nicht wahr?« sagte sie. Warum, zum Teufel, hatte sie überhaupt nicht mehr daran gedacht, daß Ann gegen alles, was aus dem Meer kam, allergisch war? Und warum konnte sie überhaupt nicht begreifen, daß es Ann und Davis tatsächlich Spaß gemacht haben könnte, so ein albernes Spielchen zu spielen?

Nachdem sie bestellt hatte, entschuldigte Davis sich für einen Augenblick, und Allison nutzte die Chance, die Leberpastete zurückgehen zu lassen. Sie hatte es geschafft, drei Cracker voll mit diesem Zeug zu essen, aber sie hatte jeden Bissen mit einem großen Schluck hinunterspülen müssen. Und nun brummte ihr der Schädel vom Alkohol.

Auf einmal war sich Allison der Gegenwart von Davis' Freund überdeutlich bewußt. Weil sie nicht wußte, was sie machen sollte, nahm sie ihr Glas und spielte mit dem Strohhalm darin herum.

»Sie sind vorhin wirklich böse gefallen«, meinte Spencer. »Haben Sie sich jetzt davon erholt?«

Irgendwie hatte Allison das Gefühl, daß er ihr näher war, als er sein sollte. Sie spürte seinen Atem auf ihrer Wange, und sie nahm den herben Duft seines Aftershaves wahr. Sie richtete ihren Blick auf sein Gesicht. Es wirkte kantig, aber die einzelnen Züge konnte sie immer noch nicht erkennen.

»Ja«, antwortete Allison nach einer Weile. »Warum fragen Sie?«

»Sie trinken nämlich gleichzeitig aus beiden Gläsern«, flüsterte er ihr wie ein Verschwörer zu. Allison konnte ihn nicht lächeln sehen, aber sie spürte das Lächeln in seiner Stimme.

»Tatsächlich?« flüsterte sie zurück, und dann lachte sie. »Wie dumm von mir!«

»Und Sie haben auch die Leberpastete nicht aufgegessen, obwohl Davis doch gesagt hat, wie gern Sie sie mögen.«

Ann hatte ihr erzählt, daß Spencer irgendeine geheimnisvolle Tätigkeit betrieb, die ihn von einem Land ins andere führte – nun, egal, was er sein mochte, ein Dummkopf war er bestimmt nicht, und außerdem war er wesentlich aufmerksamer als Davis.

»Ich bin nervös«, erklärte Allison.

»Warum?«

»Ihretwegen.«

»Meinetwegen?«

»Ja, Davis wollte, daß Sie von mir beeindruckt sind.«

Wie clever, so etwas zu sagen! Vielleicht war sie

doch nicht so ein hoffnungsloser Fall, was *Small Talk* anging! Diese Bemerkung würde Spencer schmeicheln, seinem Selbstbewußtsein guttun und ihn dazu veranlassen, sich zufrieden in seinem Stuhl zurücklehnen.

Doch Spencer lehnte sich nicht zufrieden zurück, sondern beugte sich vor. »Sie dürfen sich entspannen«, meinte er. »Ich bin beeindruckt!«

Wieder spürte Allison seinen Gesichtsausdruck – es schwang irgendwie in seiner Stimme mit. Dieser Mann war anziehend, aufregend, sexy, und Allison stand kurz davor, seiner Anziehungskraft zum Opfer zu fallen. Sie konnte seine Blicke auf ihrem Körper fühlen, auf ihren Brüsten.

Sie war froh, daß Davis in diesem Augenblick zurückkam. Ihr Herz klopfte, und ihre Hände waren feucht geworden.

»Erzählt mir von euren Hochzeitsplänen«, bat Spencer, als Davis wieder Platz genommen hatte.

Allison war erleichtert. Hier befand sie sich wieder auf sicherem Gebiet. Gott sei Dank kannte sie die Pläne bis ins Detail, denn Ann hatte selbst die unwichtigsten Einzelheiten hundertmal mit ihr durchgesprochen. »Es wird eine kirchliche Trauung sein«, berichtete sie Spencer, »aber nicht allzu formell und nur im kleinen Kreis. Sie werden der eine Trauzeuge sein und meine Schwester der andere.«

»Sie haben eine Schwester?«

»Ja.« Davis lachte, als er seinen Whiskey trank.

»Was ist daran so komisch?« wollte Allison wissen.

»Na ja, Allison eben.«

»Wieso?«

»Nun komm schon, Darling, du weißt, daß ich ihr nichts Böses will, aber du mußt doch selbst zugeben, daß sie ein bißchen seltsam ist.«

»Seltsam?« fragte Spencer.

Davis antwortete, bevor Allison etwas sagen konnte. »Die beiden sind Zwillinge«, erklärte er. »Vom Aussehen her kann man sie nicht auseinanderhalten, aber sonst sind sie so unterschiedlich wie Tag und Nacht.«

»Natürlich sind wir verschieden«, meinte Allison. »Aber wieso ist meine Schwester seltsam?« Da hatte sie sich so angestrengt, um den Abend zu einem Erfolg für Davis zu machen – und wie dankte er ihr? Er beleidigte sie. Das tat ihr ganz schön weh.

»Nun, denk doch nur daran, wie sie sich benimmt, wie sie sich anzieht«, antwortete Davis. »Wenn jemals eine Frau alle Chancen hat, eine verknöcherte alte Jungfer zu werden, dann ist es Allison. Nur in ihrem dummen Labor zählt Sex für sie. Kannst du dir das vorstellen, Spencer, neulich ist sie bald durchgedreht, weil sich zwei seltene Käfer gepaart haben!«

»Es waren Mäuse«, verbesserte Allison. »Und die Arbeit meiner Schwester ist sehr wichtig.«

»Ich habe ja auch nicht behauptet, daß sie unwichtig wäre, aber . . .«

»Was tut diese Allison denn?« unterbrach Spencer seinen Freund.

»Sie ist Genetikerin«, erwiderte Allison scharf. »Sie beschäftigt sich mit Vererbungslehre.«

Davis zuckte mit den Schultern. »Wen interessiert schon das Sex-Leben von Küchenschaben?« sagte er. »Alles, worum Allison sich kümmert, ist ihr ekliges, krabbelndes Viehzeug. Pfui Teufel!« Er verzog das Gesicht und schüttelte sich.

Allison war in Rage. »Ihre Arbeit könnte auch dir mal nützen, Davis. Ich finde es nicht nett, daß du dich so darüber lustig machst. Und Allison hat sich noch nie in ihrem Leben mit dem Sex-Leben von Küchenschaben beschäftigt!«

»Ich finde, das hört sich doch ganz faszinierend an«, meinte Spencer diplomatisch.

»Tut mir leid, Liebling«, lenkte Davis ein, »vielleicht habe ich wirklich ein bißchen übertrieben. Vielleicht fände Spencer Allison sogar nett. Er ist nämlich auch so eine Intelligenzbestie wie sie.«

Allison nahm einen weiteren Schluck von ihrem Wodka Collins und sah Spencer mit neuem Interesse an. Also hatte dieser Mann außer seiner körperlichen Anziehungskraft noch etwas anderes zu bieten.

»Ich würde Ihre Schwester gern einmal kennenlernen, Ann«, sagte er, ging aber dann nicht weiter auf dieses Thema ein, weil das Essen serviert wurde.

Allison aß nur mit Widerwillen, denn wieder hatte sie etwas bestellen müssen, was zwar Ann liebte, sie selbst aber verabscheute. Und der Wein, den es zum Essen gab, half nicht gerade mit, daß sie ihre Umgebung besser erkennen konnte.

Als Allison nach der Karaffe mit Wasser greifen wollte, kippte sie ihr Weinglas um, und der rote Wein spritzte auf Spencers weißes Hemd.

»Ach, du meine Güte!« rief sie entsetzt. »Es tut mir ja so leid.«

Allison war nicht der Typ, der leicht weinte, aber jetzt war ihr zum Heulen zumute. Entweder war sie furchtbar beschwipst, furchtbar verlegen oder furchtbar verletzt.

Und warum sollte sie nicht verletzt sein? Heute abend hatte sie gemerkt, daß ihre Schwester und ihr zukünftiger Schwager wahrscheinlich schon manchen Witz auf ihre Kosten gemacht hatten. Und wie viele Leute mochten noch von ihr denken, daß sie auf dem besten Weg war, eine überkandidelte alte Jungfer zu werden, die ihr Verlangen nach Sex über ihre Versuchstiere auslebte? Ihrem Magen ging es sowieso schon nicht gut nach dem Essen, aber diese Gedanken bereiteten ihr erst recht Übelkeit. Der Fleck auf Spencers Hemd wurde immer größer, und Allisons unbeholfene Versuche, ihn mit ihrer Serviette zu entfernen, machten alles nur noch schlimmer. Als Allison das merkte, war ihr nur noch mehr zum Heulen zumute.

»Darling, geht's dir auch wirklich gut?« fragte Davis in ihre Gedanken hinein. »Du bist heute abend gar nicht du selbst gewesen.«

So sehr Allison eben noch das Verlangen zu weinen gehabt hatte, so sehr hatte sie jetzt das Verlangen zu lachen. »Oh, mir geht's wirklich prima«, brachte sie nur mit Mühe heraus, während sie verzweifelt gegen das hysterische Gelächter ankämpfte, das ihr in der Kehle saß. »Vielleicht bin ich noch von dem Sturz ein bißchen zittrig.« Dann sah sie Spencer an. »Es tut mir wirklich leid wegen Ihres Hemds.«

»Sie können es wiedergutmachen, Ann.«

»Wie denn?«

»Indem Sie mit mir tanzen.«

Schlagartig verging Allison das Lachen. »Mit Ihnen tanzen?« wiederholte sie.

2

»Nun geh schon, Ann«, drängte Davis sie. »Danach fühlst du dich bestimmt wieder besser. Ich weiß doch, wie gerne du tanzt.«

Das stimmte. Ann hatte sich schon immer mit natürlicher Leichtigkeit und vollkommenem Rhythmusgefühl auf der Tanzfläche bewegt, während Allison sich im Gegensatz zu ihr wie ein Elefant vorgekommen war. Selbst ihre besten Versuche waren stets eher enttäuschend gewesen.

»Bitte«, meinte Spencer, stand auf und hielt ihr die Hand hin. »Es sei denn, Ihr Knie tut noch weh.«

»Nein«, antwortete Allison. »Mein Knie tut nicht mehr weh.« Es sind meine beiden linken Füße, die mir Sorgen machen, fügte sie im stillen hinzu.

Aber welche Wahl hatte sie denn? Gar keine! Sie war diesem Mann in die Arme gesunken, bevor sie noch ein Wort miteinander gewechselt hatten, sie hatte sein Taschentuch mit Blut verschmiert und sein teures Hemd, das mindestens hundert Dollar gekostet hatte, mit Wein vollgespritzt. Wenn er dennoch mit ihr tanzen wollte, was konnte sie da schon machen? Und wenn sie sich weigerte, würde Davis sicherlich mit ›Ann‹ böse werden, weil sie nicht nett zu seinem Freund war. Und so weit wollte Allison es gar nicht erst kommen lassen.

Sie stand also auf und ließ sich von Spencer zur Tanzfläche führen. »Wir sind gleich wieder zurück, Liebling«, rief sie Davis über die Schulter zu.

Plötzlich stieg Panik in Allison auf, und sie hatte das Gefühl, sie würde Davis auf Nimmerwiedersehen verlassen. Dieser attraktive Mann neben ihr schien alle Leute dazu veranlassen zu können, das zu tun, was er wollte. Und sie hatte auch das Gefühl, daß er vor nichts zurückschreckte – nicht einmal davor, seinem besten Freund die Verlobte unter der Nase wegzuschnappen.

Doch Allison schob alle Vorbehalte beiseite. Wenn es wirklich Ann gewesen wäre, die sich so bereitwillig in die Arme dieses Mannes hätte ziehen lassen, und die seinen aufregend männlichen Körper mit soviel Vergnügen so nahe an ihrem eigenen gespürt hätte, dann hätte Allison zutiefst schwarz gesehen für die Zukunft ihrer Schwester mit Davis.

Aber es war nicht Ann.

Sie war es, Allison, und sie mußte wirklich zuviel getrunken haben, daß sie sich diesem Mann so willig in die Arme schmiegte und so selbstverständlich allen seinen Bewegungen folgte.

Sie seufzte. Sie hatte doch gewußt, daß dieser Abend nur in einem Chaos enden konnte. Und sie war es gründlich leid vorzugeben, jemand anders zu sein.

Deshalb, und nur aus diesem einen Grund, hatte sie sich so fest von Spencer in die Arme nehmen lassen, und so wie kleine Kinder glauben, daß niemand sie sehen kann, wenn sie die Augen zumachen, versteckte sich auch Allison dahinter, daß sie die Welt um sich herum nur verschwommen wahrnehmen konnte. Später würde dann niemand sie dafür verantwortlich machen können, wie dieser Abend geendet hatte.

Aber war es nicht seltsam, daß sie ausgerechnet mit Spencer keine Probleme beim Tanzen hatte, obwohl sie sich doch sonst von keinem Mann hatte führen lassen? Nicht einmal die hohen Absätze ihrer Schuhe behinderten sie, und sie bewegte sich perfekt zum Rhythmus der Musik.

Spencers tiefe Stimme drang in ihre Gedanken. »Ihnen geht es doch nicht so gut, wie Sie behauptet haben, oder?« fragte er. Seine Lippen streiften leicht ihr Haar, und Allison konnte seinen warmen Atem an ihrer Wange spüren.

»Ich bin ein bißchen durcheinander«, gab Allison zu – und hätte beinahe gelacht, weil dies eine solche Untertreibung war.

Spencer zog ihren Kopf fest an seine Brust, dann strich er mit seinen Fingern sanft durch ihr Haar. Unwillkürlich schlossen sich Allisons Augen, doch dann machte sie sie wieder weit auf. Was tat sie da eigentlich?

»Bitte, Spencer«, sagte sie und versuchte, sich aus seinem Griff zu lösen, »ich . . . Davis . . . Ich kann doch nicht so einfach . . .«

»Ist ja schon gut, Kleines«, antwortete er. »Es war wirklich nicht leicht für Sie heute abend.«

Sie waren jetzt auf der gegenüberliegenden Seite der Tanzfläche. Andere Paare verdeckten die Sicht auf den Tisch, an dem Davis vertrauensvoll wartend saß, aber bei dem schummrigen Licht hätte er wahrscheinlich sowieso nicht erkennen können, daß Spencers Hand zärtlich über Allisons Rücken streichelte.

»Spencer, Sie dürfen mich nicht so eng halten«, protestierte sie schwach, aber sie wehrte sich nicht, als er sie nur noch näher an sich zog. Es war ein so herrliches Gefühl, sich an seine starke, breite Brust schmiegen zu können.

»Nein, das darf ich auch nicht«, murmelte er vor sich hin, »und ich bin auch nicht besonders stolz darauf, daß ich es dennoch tue!« Bei diesen Worten zog er sie noch ein wenig fester an sich. »Schließlich ist Davis mein bester Freund. Aber es ist so wunderschön, Sie in meinen Armen zu halten.«

Es ist wunderschön, stimmte Allison ihm in Gedanken zu. Sie konnte sich nicht daran erinnern, daß sie sich jemals ihres Körpers so bewußt gewesen wäre. Immer hatte sie nur auf ihren Verstand gehört, aber nun hatte ihr Körper die Herrschaft übernommen.

Allison war es warm geworden, es war eine Wärme, die ihren ganzen Körper erfüllte. Warum waren ihre Brüste plötzlich so schwer, warum hatten sich ihre Brustwarzen aufgerichtet und drängten sich unter dem dünnen Stoff Spencer entgegen? Ihre Arme und ihre Beine fühlten sich bleischwer an, aber ihr Herz klopfte, als hätte sie gerade einen Hundertmetersprint gemacht. Und in ihrem ganzen Körper spürte sie auf einmal ein seltsames, sehnsüchtiges Ziehen.

Noch nie war sie sich auch des Körpers eines anderen Menschen so deutlich bewußt gewesen. Alle ihre Sinne waren auf Spencer gerichtet. Seine Nähe, das Gefühl seiner Muskeln unter ihren Händen zeigten ihr, daß er einen gestählten, sportlichen Körper hatte.

Aber es war nicht nur seine Kraft, die Allison so faszinierte, sondern auch seine Zärtlichkeit und seine Empfindsamkeit, die sich in jedem seiner Blicke, seiner Gesten ausdrückten, in der Art, wie er sie in seinen Armen hielt.

»Ich habe noch nie eine andere rothaarige Frau gesehen, deren Haut so war wie Ihre«, sagte Spencer plötzlich. »Haben die meisten Rothaarigen nicht eine helle Haut?«

»Nun, meine Schwester und ich, wir haben die dunklere Hautfarbe von der Mutter unserer Mutter geerbt. Sie war Spanierin. Von ihr haben wir auch die grünen Augen.«

»Und das rote Haar?« Wieder strich er ihr durchs Haar, und wieder war seine Berührung zärtlich und ungeheuer sinnlich.

»Von unserem irischen Großvater«, antwortete Allison.

»Dann seid ihr sicher eine buntgemischte Familie«, meinte Spencer lächelnd.

Allison lachte. »In mehr als einem Sinn, ja.«

»So unterschiedlich, wie auch Sie und Ihre Schwester es sind?«

Allison blickte zu ihm auf. »Nach dem, was Davis erzählt hat, müssen Sie wirklich glauben, daß sie eine alte Schreckschraube ist. Aber das ist sie ganz bestimmt nicht.«

»Ist Ihre Schwester eigentlich auch so hübsch wie

Sie?« wollte er plötzlich wissen und berührte dabei ihre Wange.

»Danke für das Kompliment«, sagte Allison. Es war schon sehr verwirrend, wenn er sie so eng an sich gedrückt hielt, aber es war noch verwirrender, wenn sie zu ihm aufblickte, seine tiefe, beunruhigende Stimme hörte und ihn dennoch nicht genau erkennen konnte.

Wieder lehnte sie ihren Kopf an seine Brust. »Wir sind eineiige Zwillinge«, fuhr sie dann fort, »aber wir sind trotzdem völlig verschieden. So unterschiedlich wie Tag und Nacht.«

»Inwiefern?«

»Sie würde sich zum Beispiel nicht so von Ihnen halten lassen.« Was machte es schon, wenn sie Ann die ganze Schuld zuschob? Oder Allison? Unsinn, sie sprach doch jetzt über sich – oder nicht?

Du lieber Himmel, dachte Allison, langsam bin ich soweit, daß ich selbst nicht mehr weiß, wer ich bin! Sie konnte einfach nicht mehr klar denken. Je fester Spencer sie an sich zog, desto schwerer fiel es ihr, auch nur einen vernünftigen Gedanken zu fassen.

»Wir sollten uns besser wieder hinsetzen«, sagte sie und versuchte, sich freizumachen, aber Spencer ließ sie nicht los.

»Nein«, antwortete er, »die Band hat gerade mit einem neuen Lied angefangen.«

Es lohnte sich einfach nicht, jetzt deswegen eine Szene zu machen, zuviel stand auf dem Spiel. Davis würde sich ärgern, vielleicht brachte sie damit sogar die Freundschaft der beiden in Gefahr, ganz abgesehen von dem, was Ann ihr dann erzählen würde. Also gab Allison nach.

»Wie lange sind sie und Davis schon verlobt?« wollte Spencer plötzlich wissen.

»Fast ein Jahr.«

»Und lieben Sie ihn?«

»Natürlich!« erwiderte Allison entrüstet.

»Wirklich?«

Allison traute sich nicht, ihn anzusehen. Sie war noch nie eine gute Lügnerin gewesen. »Ich liebe Davis von ganzem Herzen«, sagte sie steif.

»Leben Sie zusammen?«

»Nein.« Davis hatte Ann zwar ein paarmal darum gebeten, aber Ann hatte aus Rücksicht auf ihre Eltern, die in diesem Punkt ziemlich altmodisch waren, nicht zugestimmt.

»Aber Sie schlafen zusammen.«

Allison wurde über und über rot. Böse blickte sie ihn an. »Das geht Sie nichts an«, erklärte sie.

»Ich möchte es aber wissen«, meinte Spencer stur.

»Bitte, wenn Sie unbedingt wollen: Ja, wir schlafen zusammen.«

»Und macht es Spaß?«

»Es ist unbeschreiblich schön!«

»Lügnerin!«

Allison war so schockiert, daß sie einfach stehenblieb. »Wie können Sie nur so etwas behaupten?« fragte sie empört.

»Wie ich das kann? Das werde ich Ihnen gleich sagen, Ann. Wenn Sie wirklich soviel Spaß mit Davis hätten, wie Sie mir weismachen wollen, dann wäre Ihr Körper nicht so hungrig.«

Er zog sie wieder an sich heran, so nahe, daß Allison kaum noch Luft bekam. »Und er *ist* hungrig.«

Spencer preßte seine Hüften in einer so sinnlichen Bewegung an Allisons Körper, daß sich ihr unwillkürlich ein Stöhnen entrang. Sie hatte es nicht verhindern können.

Wütend und gleichzeitig über ihre eigene Reaktion beschämt, machte sich Allison von ihm frei. Und sie hatte Glück: Sie fand den Tisch, an dem Davis saß, auf Anhieb und stieß auch nur zweimal mit anderen Paaren zusammen.

Davis stand auf und nahm ihre Hand. »Geht es dir jetzt wieder besser, Ann?« erkundigte er sich.

»Viel besser.« Allisons Knie gaben genau in dem Augenblick nach, als Davis ihr den Stuhl zurechtschob. Sie zitterte am ganzen Körper und haßte sich dafür.

Sie hatte sich wirklich wie ein albernes kleines Schulmädchen benommen. Ann, die Davis ja nun wirklich von Herzen liebte, hätte nicht zugelassen, daß Spencer sie so hielt. Sie hätte es mit einem Scherz abgetan oder ihn geohrfeigt oder ihn in seine empfindlichsten Teile getreten oder sonst etwas getan.

Mit Sicherheit aber hätte sie sich nicht so schamlos an ihn geschmiegt!

Nun, auch sie, Allison, würde sich nun nicht mehr von Spencers Charme verführen lassen. Überhaupt, wie hatte sie sich so benehmen können – eine Frau, die sonst ausschließlich auf ihren Verstand hörte und auf solche plumpen Verführungsversuche nicht hereinfiel!

Das würde ihr nicht noch einmal passieren. Sie würde diesen Mann von nun an meiden wie die Pest!

Für den Rest des Abends konzentrierte Allison sich

ganz auf Davis und redete nur soviel mit Spencer, wie sie konnte, ohne unhöflich zu wirken. Sie hatte sich mit aller Gewalt zusammengerissen.

Gut, Spencer hatte ihr für fünf Minuten gefährlich werden können, aber das war nichts als ein Ausrutscher gewesen. Sie dachte nicht daran, sich wegen eines schwachen Moments von irgendwelchen dummen Gefühlen mitreißen zu lassen, sie war schließlich ein Verstandesmensch – oder etwa nicht?

Allison hatte Ann und Davis oft genug zusammen erlebt, um jetzt ohne allzu große Schwierigkeiten die liebende Braut spielen zu können. Davis war völlig hingerissen, aber Allison wagte es nicht, Spencer auch nur einen einzigen Blick zuzuwerfen, um herauszufinden, wie er auf ihr Theater reagierte.

Als sie das Restaurant verließen, bat Davis den Portier, ein Taxi für Spencer zu besorgen. Er schrieb seinem Freund schnell noch die Adresse seiner Wohnung auf und drückte ihm den Zweitschlüssel in die Hand.

»Ich möchte Ann nach Hause bringen, damit ihr unterwegs nicht noch einmal etwas passiert«, erklärte er.

»Das kann ich verstehen«, antwortete Spencer. Er trat einen Schritt vor, legte Allison die Hände auf die Schultern und gab ihr einen freundschaftlichen Kuß auf die Wange. »Gute Nacht, Ann. Sie haben wirklich das gehalten, was Davis mir versprochen hat – und noch viel mehr!«

Als Allison schon längst im Auto saß, hatte sie immer noch das Gefühl, sie müßte Spencers Berührung wie Feuer auf ihren Schultern spüren. Dieser große, gutaussehende Mann mit der einschmeichelnden Stimme schien eine Bedrohung für ihr ruhiges, wohlgeordnetes Leben darzustellen – obwohl sie einfach nicht wußte, warum.

Aber für Allison war dieser Abend noch nicht zu Ende. Als sie die Tür zu Anns Apartment aufschloß und Davis gute Nacht sagte, lachte er nur.

»Gute Nacht?« meinte er. »Mir ist eher nach ›Willkommen bei mir, Schatz!‹ Ich hab' dich den ganzen Abend über nicht ein einziges Mal richtig küssen können.« Er schob sie vor sich her in die Wohnung, und bevor Allison protestieren konnte, hatte er sie schon in die Arme gezogen und küßte sie.

Allisons erste Reaktion war, fest die Lippen zusammenzupressen, aber dann erinnerte sie sich wieder an ihre Rolle und ließ sich geduldig weiter von Davis küssen.

»O Annie!« flüsterte er ihr ins Ohr, als seine Lippen sie endlich wieder freigegeben hatten. »Es hat mich richtig fertiggemacht, daß wir nicht eine Minute für uns allein hatten. Sag mal«, fügte er dann hinzu. »Wie hat dir Spencer gefallen?«

Allison hatte Mühe, darauf zu antworten, denn ihr Denkvermögen setzte einfach aus, als der Verlobte ihrer Schwester anfing, zart über ihren Busen zu streicheln. »Oh, er . . . er war genauso charmant, wie du mir erzählt hattest.«

Davis lächelte sie an. »Du hast ihm auch gefallen. Ich hatte ihm nämlich die Ohren vollgeschwärmt, wie hübsch und sexy du bist, und er meinte, er könnte mir nur zustimmen.«

Unwillkürlich machte Allison einen Schritt zurück, als Davis ihr den Träger des Kleides von der Schulter streifte, und Davis sah sie überrascht an.

»Was ist los?« wollte er wissen.

»Nichts, Davis«, antwortete sie. »Weißt du, es ist nur so, daß ich mich schrecklich schäme, was für einen Narren ich heute aus mir gemacht habe. Ich hatte Angst, du könntest ärgerlich auf mich sein.«

Davis zog sie wieder in seine Arme und drückte sie einmal ganz fest. »Na ja, es war schon ein komisches Bild, als ich dich der Länge lang auf dem Boden liegen sah.« Er lachte. »So was bringt sonst doch nur Allison zustande.« Dann hielt er sie ein Stückchen von sich weg und musterte sie aufmerksam. »Dir tut doch jetzt aber nichts mehr weh, oder?«

»Nein.« Allison, der Tolpatsch, Allison, die Schreckschraube, Allison, das Mädchen, auf dessen Kosten man sich immer einen guten Witz erlauben konnte. Allison lächelte ein bißchen schief. »Mir geht's prima.«

»Gut«, sagte er, und seine Lippen wanderten über ihren Hals zu ihren Schultern, während er sich bemühte, ihr das Oberteil ganz herunterzuziehen.

»Davis!« Schockiert machte Allison sich frei und trat schnell einen Schritt zurück.

»Ann, was ist denn plötzlich mit dir los?« Davis sah sie mit dem Ausdruck eines kleinen Jungen an, den man gerade beim Naschen ertappt und auf die Finger gehauen hat.

Du lieber Himmel, sie konnte ihm doch schlecht sagen, daß sie nicht seine Verlobte, sondern seine zukünftige Schwägerin war! Und auch nicht, daß er gefälligst ein Nein akzeptieren sollte, wenn ihr nicht danach zumute war – das war nicht Anns Art. Aber wie hätte ihre Schwester reagiert, wenn sie Davis begreiflich machen wollte, daß er besser die Finger von ihr ließ?

»Nichts ist mit mir los, Davis«, fing Allison an, während ihr alle möglichen Gedanken durch den Kopf rasten. »Es ist nur, weil . . . weil . . .« Was hatte Ann ihm erzählt? Daß sie wegen der neuen Pille noch nicht miteinander schlafen konnten? »Na ja, Davis, ich möchte einfach nichts anfangen, was wir nicht zu Ende führen können.« Das war die Rettung! Sie lächelte ihn an und nahm sein Gesicht zwischen ihre Hände.

Davis seufzte. »Ich fürchte, du hast recht«, antwortete er. »Und wie lange müssen wir noch warten?«

»Nicht mehr lange«, tröstete Allison ihn und schaffte es, ihn so verheißungsvoll wie möglich anzusehen. »Ich halte es auch nicht mehr lange aus!« Ob er ihr das wohl abkaufte?

»Ich auch nicht, mein Schatz.« Davis zog sie wieder an sich und küßte sie keusch. Nun ja, ganz so keusch auch wieder nicht. »Ich glaube, ich gehe jetzt besser.«

»Ja.« Allison legte ihm einen Arm um die Hüfte, während sie ihn zur Tür begleitete. »Gute Nacht.« Sie stellte sich auf die Zehenspitzen und gab ihm einen letzten Kuß.

»Gute Nacht.«

Allison lächelte hölzern, als er ihr den Po tätschelte, und winkte ihm noch nach, bis er ins Auto gestiegen und davongefahren war. Dann schloß sie die Tür und lehnte sich erschöpft dagegen.

Geschafft! Allison holte einmal tief Luft. Sie hatte diesen schrecklichen Abend überlebt – zwar mit Pannen, aber immerhin. Außer daß sie der Länge nach hingefallen und in den Armen von Davis' bestem Freund dahingeschmolzen war, war nichts wirklich Schlimmes passiert. Aber wie oft sollte es noch so weitergehen? Einen Abend? Zwei? Vielleicht sollte sie sich eine von diesen Virusinfektionen zulegen, die im Moment überall in der Stadt grassierten.

Von diesem Gedanken aufgemuntert, machte Allison sich auf den Weg in Anns Schlafzimmer. Sie hatte ein paar von ihren eigenen Sachen mitgebracht, darunter auch ein altes Hemd ihres Vaters, in dem sie am liebsten schlief.

Doch als erstes suchte sie das Paar Ersatzlinsen, das sie vorsichtshalber eingesteckt hatte. Sie setzte sie ein, weil sie sich noch ein bißchen daran gewöhnen wollte.

Wie schön war doch die Welt, wenn man alles wieder deutlich und klar erkennen konnte! Allison seufzte vor Erleichterung, dann begann sie, sich für die Nacht fertigzumachen.

Sie wollte gerade ins Bett gehen, als es klingelte. Ob das Davis war? Vielleicht hatte er etwas vergessen. Barfuß lief sie zur Tür und öffnete sie nur einen Spalt breit.

»Hallo, Ann!«

Allison schnappte nach Luft. Der Mann, der da vor ihrer Tür stand, hatte ihr schlichtweg den Atem verschlagen. Jetzt, wo sie ihn deutlich sehen konnte, stellte sie fest, daß er einfach hinreißend schön war. Das dunkle Haar fiel ihm leicht unordentlich in die Stirn, die strahlend blauen Augen schienen ihr mitten ins Herz zu blicken, die Nase war schmal und gerade.

Und der Mund . . . Allisons Knie wollten nachgeben, als sie zum ersten Mal deutlich diesen sinnlichen, empfindsamen Mund betrachtete.

Spencer war ein Bild geballter, überwältigender Männlichkeit, und jede Faser ihres Körpers reagierte darauf. Allison spürte, wie eine seltsame, nie gekannte Erregung in ihr aufstieg. In diesem Augenblick hätte er mit ihr machen können, was er wollte.

Es war einfach zum Verrücktwerden! Sie, die kühle, immer so vernunftbetonte Allison Leaman, die nie Wert auf das Äußere eines Menschen gelegt hatte, ließ sich allein von dem hinreißenden Aussehen dieses Mannes um den Verstand bringen!

Allison hoffte nur, daß er ihr das Chaos, das er in ihren Gefühlen ausgelöst hatte, nicht allzu deutlich ansehen konnte. Sie wich ein Stückchen zurück. »Davis ist nicht mehr hier«, sagte sie.

»Ich weiß, ich habe beobachtet, wie er gegangen ist.«

»Was wollen Sie dann hier?«

»Sie besuchen.«

Das stimmte nicht. Er wollte nicht sie, Allison, besuchen, er war gekommen, um Ann noch einmal zu sehen. »Aber das sollten Sie nicht tun«, protestierte sie.

»Ich weiß. Aber ich bin trotzdem hier.«

»Und was soll Davis denken, wenn er nach Hause kommt?«

»Ich habe ihm einen Zettel zurückgelassen, daß ich noch mal ausgegangen wäre und erst später zurückkäme.« Dann blickte Spencer sie an. »Wollen Sie mich nicht hineinlassen?«

»Nein.«

Er zuckte mit den Schultern. »Das nützt Ihnen auch

nichts. Ich komme trotzdem hinein.« Und schon hatte er die Tür aufgestoßen und trat ein.

Allison stand da wie ein Häufchen Elend, verlegen und unfähig, irgend etwas zu tun. Falls er nicht genauso blind war wie sie vorhin ohne Kontaktlinsen, dann mußte er sofort bemerken, daß sie unter ihrem dünnen, vom vielen Waschen schon ziemlich fadenscheinig gewordenen Hemd nichts als einen Slip trug.

Er ließ sich Zeit, Allison von Kopf bis Fuß zu mustern, und Allison wurde immer röter. Sein Blick schien durch ihr Hemd zu dringen und ihren ganzen Körper zu liebkosen.

»Sie haben unglaubliches Haar«, sagte er plötzlich und streckte die Hand aus, um darüberzustreichen.

»Und Sie sind unglaublich unverschämt«, fuhr Allison ihn an. Sie wurde langsam wütend, was aber eher daran lag, wie sie sich selbst eingestehen mußte, daß er sie für Ann hielt.

Wenn sie nicht am Abend die Haare offen getragen und etwas anderes als dieses verführerische Nichts aus Chiffon angehabt hätte, sondern ganz die gute alte Allison gewesen wäre, hätte er ihr wahrscheinlich nicht mehr als einen müden Blick und ein höfliches Lächeln geschenkt. Dann hätte er ihr jetzt nicht das Hemd mit den Blicken ausgezogen.

»Wegen Davis? Bin ich deshalb unverschämt?« fragte er.

»Natürlich wegen Davis«, antwortete sie böse. »Oder glauben Sie vielleicht, daß es ihm gefiele, wenn er wüßte, daß sein bester Freund um Mitternacht seiner Verlobten einen Besuch abstattet?«

»Nein, das glaube ich nicht«, gab er zu.

»Er hält so viel von Ihnen«, fuhr Allison fort. »Die ganze Zeit geht es nur ›Spencer hier‹ und ›Spencer da‹! Und jetzt . . .«

»Okay, okay«, unterbrach er sie und blickte einen Moment lang auf den Fußboden. Als er den Kopf wieder hob, entdeckte Allison so etwas wie Bedauern und Schuldbewußtsein in seinem Blick. »Glauben Sie vielleicht, ich hätte geplant, daß ich so von Ihnen angezogen werde? Daß ich geplant hätte, daß all das passiert?«

»Nichts passiert!« antwortete Allison kühl. Sie mußte das sagen, weil sie nämlich genau wußte, daß etwas passierte, aber sie wollte es nicht. »Nichts passiert«, wiederholte sie noch einmal, wie um sich selbst davon zu überzeugen.

Spencer zog eine Augenbraue hoch. »Nein?«

Allison bewegte sich unruhig. »Nein«, meinte sie.

»Sie lügen schon wieder, Ann. Wenn Sie sich nicht so schuldig fühlten, weil Sie genau spüren, daß etwas zwischen uns vorgeht, dann hätten Sie mich eben mit einem Lächeln hereingebeten und vorgeschlagen, daß wir versuchen, Davis hierherzuholen, um noch zu dritt eine kleine Party zu feiern oder so.«

Er hatte ja recht. Genauso hätte Ann wahrscheinlich reagiert. Aber sie war nun einmal nicht Ann – und dann kam ihr plötzlich ein Gedanke. Warum sollte sie Spencer das nicht gestehen? Warum sagte sie nicht einfach: »Also, Sie werden es kaum glauben können, aber . . .« Und dann würde sie ihm alles über das Spiel mit den vertauschten Rollen erzählen.

Aber dann würde sie sich erst recht gegen ihn wehren müssen. Wenn sie ihn schon nicht auf Abstand halten konnte, solange er noch glaubte, daß sie die Verlobte seines besten Freundes war, wie sollte sie dann je mit ihm fertig werden, wenn er wußte, daß er jetzt keine moralischen Bedenken mehr zu haben brauchte?

»Bitte, Spencer«, fing Allison an, »bitte, gehen Sie, bevor ich . . .«

»Bevor Sie was?« fiel er ihr ins Wort.

»Bevor ich Davis anrufen und ihm erzählen muß, was Sie vorhaben.«

»Was habe ich denn vor?« wollte er wissen.

»Mich zu verführen.« Allison war zurückgewichen, aber jetzt stand sie an der Wand. Spencer kam langsam auf sie zu, bis er so dicht vor ihr stand, daß seine Knie ihre Beine berührten. Er stemmte die Arme links und rechts von ihr gegen die Wand. »Tue ich das wirklich?«

Er war einfach unglaublich, welche sexuelle Anziehungskraft dieser Mann ausstrahlte. Sie traf Allison wie ein Schock.

»Tun Sie es nicht?« fragte sie zurück.

Spencer lächelte. »Ich kann nur sagen, daß ich mich mit allen Mitteln darum bemühe, Sie zu verführen, aber ob ich Erfolg habe, das können nur Sie mir beantworten.«

Und ob er Erfolg hatte! Allison wurde schwach, und ihre Gedanken verwirrten sich.

»Als wir getanzt haben, haben Sie es auch gespürt, nicht wahr?« fuhr er fort und senkte seinen Kopf, um mit seinen Lippen über ihren Hals zu streichen.

Allison schloß unwillkürlich die Augen. Ja, sie hatte es gespürt. Sie hatte nicht umsonst jahrelang

Biologie studiert und sich mit Vererbung beschäftigt. Sie kannte die Anzeichen, wenn ein männliches Wesen erregt war, und als Spencer sie beim Tanzen so eng an sich gedrückt hatte, hatte sie es unmißverständlich gefühlt.

Aber Allison war viel zu stolz, um das zuzugeben. »Was soll ich gefühlt haben?« sagte sie und machte ihre Augen wieder auf.

»Dieses herrliche Gefühl, das irgendwo hier anfängt.« Er tippte mit dem Zeigefinger auf ihren Bauch. »Und dann steigt es weiter hoch, hierhin.« Seine Finger wanderten an den Rippen hoch bis zu ihren Brüsten. »Hierhin.« Zärtlich umkreiste Spencer eine Brust. »Man spürt es hier, und es nimmt einem fast den Atem.« Der Finger legte sich in die Vertiefung an ihrer Kehle. »Und dann dehnt es sich plötzlich aus, weiter und immer weiter, bis es hier explodiert.« Seine Hand glitt wieder über ihren Bauch hinunter und blieb auf ihrem Slip liegen. »Hier.« Das letzte Wort hatte er nur noch geflüstert.

Allison stöhnte auf und versuchte, ihn von sich wegzudrücken. »Bitte, Spencer, nicht!« Ihr Herz klopfte so laut, daß sie glaubte, er müßte es hören.

Spencer nahm ihr Gesicht in seine Hände und sah Allison eindringlich an. »Ich hasse die Vorstellung, meinen besten Freund zu betrügen, und ich möchte Davis nicht weh tun – es ist das letzte, was ich tun wollte. Begreifen Sie jetzt, was für einen Eindruck Sie auf mich machen, daß ich es sogar riskiere, eine jahrelange Freundschaft zu zerstören?«

»Sie hätten nicht kommen sollen«, murmelte Allison schwach.

»Wenn ich auf mein Gewissen gehört hätte, wäre ich auch weggeblieben, aber mein Herz hat mein Gewissen übertönt.«

»Es ist einfach unmöglich, Spencer!«

»Wirklich? Dann probieren wir es doch mal aus!«

Als Spencers Lippen ihren Mund berührten, durchfuhr es Allison wie ein Schlag. Es war ein so herrliches, ein so neues, unbekanntes Gefühl, daß sie unwillkürlich seinen Namen flüsterte.

»Ich bin ja hier«, flüsterte er zurück und schloß sie enger in seine Arme. Eine Hand lag auf ihrem Rücken, der andere Arm war um ihre Schultern gelegt. Besitzergreifend hielt er sie fest. Spencers Lippen spielten mit ihrem Mund, und Allison konnte nicht anders, als ihm ihre Lippen zu öffnen.

Das war das Zeichen, auf das er gewartet hatte. Seine Zunge erkundete ihren Mund, drängend, forschend, voller Verlangen, bis Allison sich ihm ganz ergeben hatte.

Und dann setzte er seinen Körper ein, um seinen Kuß noch sinnlicher zu machen. Er drängte sich an Allison, reizte sie, liebkoste sie.

Arme Ann, dachte Allison plötzlich. Sie wird in ihrem ganzen Leben nicht erfahren, was sie verpaßt. Der Unterschied zwischen Davis' Kuß und dem von Spencer war wie der zwischen einem sanften Sommerregen und einem gewaltigen Sturm. Davis' Kuß war angenehm gewesen, aber es hatte keine Kraft, keine solche Wildheit darin gelegen, nicht dieses Begehren. Er war sanft und zart gewesen, aber Spencers Kuß war ein einziger Angriff auf Allisons Sinne. Davis hatte nur mit dem Mund geküßt, Spencer mit seinem ganzen Körper.

Spencer zog ihr Hemd hoch und drückte Allison fest gegen seine Hüften. Dann schob er ein Bein zwischen ihre Schenkel und stöhnte laut auf.

Er begann, Allisons Busen zu liebkosen. Mit dem Daumen strich er zärtlich über ihre Brustwarze, bis sie sich aufrichtete. Seine Lippen streiften ihren Mund. »Ann«, flüsterte er, »Ann, ich wußte, daß es so zwischen uns sein würde!«

Als Allison den Namen ihrer Schwester hörte, kehrte sie schlagartig in die Wirklichkeit zurück und machte sich mit einem Ruck von Spencer frei. Während er sie noch völlig überrascht ansah, trat sie ein paar Schritte von ihm weg. Er beobachtete, wie sie in der Mitte des Raums stand, die Augen geschlossen, und nervös ihre Finger knetete.

Allison bemühte sich, ihr Gleichgewicht wiederzufinden. Als sie ihn endlich wieder anblickte, hatte sich Spencer nicht vom Fleck gerührt. Sie wußte, er hatte ihr Zeit geben wollen, mit ihren widersprüchlichen Gefühlen fertig zu werden. Und sie wußte, daß er sie die ganze Zeit über aufmerksam beobachtet hatte.

»Spencer, Sie müssen jetzt gehen«, meinte Allison schließlich. »Und Sie müssen vergessen, daß es diesen Kuß je gegeben hat.«

»Wenn Sie mich darum bitten zu gehen, Ann, dann tue ich es, aber diesen Kuß kann und will ich nicht vergessen.«

»Aber Sie müssen es!«

Er dachte ja, daß sie Ann sei. Und an diesem Abend war sie Ann gewesen, aber morgen war sie wieder die alte langweilige, wenig attraktive Allison, und falls er sie dann sah, würde er ihr nicht einmal einen zweiten Blick schenken. Aber abgesehen davon, falls er nicht alles vergaß, würde das sicherlich die Beziehung zwischen Ann und Davis ruinieren.

»Ich kann es einfach nicht vergessen«, sagte Spencer noch einmal. »Ich hatte nicht vorgehabt, in dieses Restaurant zu gehen und mich geradewegs in die Verlobte meines besten Freundes zu verlieben, aber es ist nun mal passiert. Als ich nach Hause fuhr, dachte ich, vielleicht haben mir das Kerzenlicht und die ganze Atmosphäre dort einen Streich gespielt, so daß mir diese Frau begehrenswerter erschienen ist, als sie wirklich war. Oder daß ich vielleicht nur Davis um die Gefühle beneidet habe, die er für Sie empfindet.«

Er kam einen Schritt näher, aber als er Allison berühren wollte, zuckte sie zurück. »Aber jetzt habe ich Sie geküßt, und es hat mir einfach den Verstand geraubt. Glauben Sie wirklich, Ann, ich könnte mich jetzt umdrehen, brav nach Hause gehen und so tun, als wäre gar nichts passiert?« Er schüttelte den Kopf.

»Sie holen sich immer das, was Sie haben wollen, stimmt's?«

»Ja.«

»Und Sie scheren sich den Teufel um die Folgen.«

Seine Lippen preßten sich zu einer schmalen Linie zusammen. »Es mag vielleicht im Moment nicht so wirken, Ann, aber dennoch habe auch ich so etwas wie Ehrgefühl. Und alle Anzeichen sprechen dafür, daß Sie mich genauso begehren wie ich Sie. Aber wir müssen an Davis denken. Ich glaube, ich werde da etwas unternehmen müssen, oder meinen Sie nicht?«

Vor lauter Angst wurde es Allison plötzlich heiß

und kalt. »Was soll das heißen, daß Sie etwas unternehmen müssen, Spencer?«

»Überlassen Sie das ruhig mir.« Er machte ein paar Schritte auf sie zu und küßte sie.

»Bitte, Spencer, hören Sie mir zu«, fing Allison an, als er sie wieder freigegeben hatte. »Sie dürfen einfach nicht . . .«

Doch er ließ sie nicht zu Ende reden, sondern küßte sie noch einmal. Dann, während sie noch versuchte, wieder zu Atem zu kommen, ging er.

Allison starrte auf die Tür, die sich hinter Spencer geschlossen hatte. Sie schlug sich die Hand vor den Mund und sagte laut zu sich selbst: »Mein Gott, was habe ich getan?«

3

Es war gegen ein Uhr am nächsten Tag, als Allison vor dem Schwesternzimmer stehenblieb, um sich nach Ann zu erkundigen.

»Sie ist immer noch im Aufwachraum, aber Sie können schon hineingehen.«

Nachdem die Krankenschwester ihr den Weg erklärt hatte, ging Allison den mit Fliesen ausgelegten Gang hinunter. Dieser Flur wirkte ganz anders als die üblichen Krankenhausflure. Hier spielten sich keine Tragödien ab, und entsprechend dem Geschmack und Konto der Kundinnen waren die Wände mit hervorragenden Lithographien geschmückt, die dezent und indirekt beleuchtet wurden. Überall standen üppig wuchernde tropische Pflanzen. Fast geriet Allison in Versuchung, die Patienten, die hier lagen, zu beneiden statt zu bedauern.

Nachdem sie eine schlaflose Nacht verbracht hatte, hatte Allison schon um sieben Uhr am Morgen im

Krankenhaus angerufen. Aber man sagte ihr nur, daß ihre Schwester schon auf dem Weg in den OP wäre, und da sie nach der Operation noch einige Stunden lang nicht aufwachen würde, könnte sie frühestens gegen Mittag mit ihr reden.

Außer Ann lagen noch zwei andere Patienten im Aufwachraum, und um beide kümmerten sich Krankenschwestern. Anns Bett stand der Tür am nächsten. Ihre Augen waren noch geschlossen, aber sie lag schon nicht mehr am Tropf. Sie hatte sich auf die Seite gelegt und schlief ganz ruhig.

Allison verzog das Gesicht, als sie unter dem OP-Hemd ihrer Schwester die Bandagen bemerkte.

»Annie?« flüsterte sie, nahm die Hand ihrer Schwester und drückte sie. »Annie?«

Ann versuchte, die Augen zu öffnen, und mußte ein paarmal blinzeln, bevor sie etwas erkennen konnte. »Hallo!« sagte sie schließlich, aber sie schien mit dem Sprechen noch Mühe zu haben.

»Wie geht's dir?«

»Fein. Müde.« Ann zuckte zusammen, als sie die Schultern bewegte. »Ich würde mich allerdings ziemlich mies fühlen, wenn ich nicht wüßte, daß ich schon bald in meinem Bikini einfach sensationell aussehen werde.«

Allison wollte eigentlich lächeln, aber es gelang ihr nicht. Es wurde nur eine Grimasse daraus. Und obwohl sie sich noch ziemlich kaputt fühlte, mußte Ann lachen.

»Nun schau doch nicht so besorgt drein«, sagte sie zu Allison. »Mir geht es gut, wirklich. Der Arzt meinte ...« Hier wurden ihre Worte wieder undeutlicher, und die Augen wollten ihr zufallen. ». . . daß alles gut geklappt hätte.«

»Prima. Freut mich zu hören. Wann werden sie dich in dein Zimmer zurückbringen?«

Anns Kopf sank nach einer Seite. »Bald, glaube ich«, erwiderte sie mit Mühe. Wieder schlossen sich ihre Augen.

Allison fühlte sich hilflos und unbehaglich. Sie hatte in der vergangenen Nacht nur wenig Schlaf bekommen, weil sie dauernd über das Dilemma nachgedacht hatte, in dem Ann ihretwegen stecken würde. Und sie hatte sich die ganze Nacht den Kopf darüber zerbrochen, was sie tun könnte, um alles wieder in Ordnung zu bringen. Als erstes mußte sie Ann alles, was passiert war, beichten. Aber Ann war leider noch nicht in der richtigen Verfassung, um zuzuhören.

Dennoch versuchte sie es noch einmal. »Annie?« sagte sie leise und drückte die Hand ihrer Schwester. Als Ann leicht die Augen öffnete, fügte sie hinzu: »Laß mich doch bitte Davis anrufen. Er würde verrückt, wenn er wüßte, daß du so etwas durchmachst, ohne daß er dir dabei helfen und dich unterstützen kann. Er sollte hier sitzen und deine Hand halten, nicht ich. Er wird ziemlich verärgert und auch verletzt sein, wenn er herausfindet, daß du diese Operation vor ihm geheimgehalten hast.«

»Bitte, Allison, nicht!« Anns Hals war so trocken, daß ihre Stimme nur wie ein Krächzen klang.

»Aber er sollte es wirklich erfahren.«

»Wird er ja auch. Ich will nur nicht, daß er mich mit all diesen schrecklichen Verbänden sieht. Ich will, daß er mich erst zu sehen bekommt, wenn ich wieder schön bin.«

»Wie du aussiehst, ist doch völlig egal. Schließlich liebt er dich.«

»Bitte, Allison, tu mir das nicht an! Hilf mir noch ein bißchen länger.«

Erneut schloß Ann die Augen, und es schien ganz so, als sei sie wieder eingeschlafen. Aber Allison wunderte sich, ob ihre Schwester sich nicht einfach nur ›totstellte‹. Das war ein Trick, den sie schon als Kind angewandt hatte: Wenn sie irgendwelchen Problemen aus dem Weg gehen und nicht darüber diskutieren wollte, hatte sie sich stets schlafend gestellt.

»Okay, ich rufe dich dann später an«, sagte Allison und stand auf.

Sie konnte nicht anders, sie ärgerte sich über ihre Schwester. Ann war der eigentliche Grund dafür, daß sie, Allison, in Schwierigkeiten geraten war, und nun zog Ann es auch noch vor zu schlafen, während sie sich einen Weg überlegen mußte, wie sie wieder aus diesem Schlamassel herauskam.

»Ach verdammt, soll doch der Teufel Ann holen«, murmelte sie schließlich vor sich hin. »Es ist ihre Schuld, nicht meine, wenn ihre Verlobung in die Brüche geht.«

Aber sie wußte natürlich ganz genau, daß es allein ihre Schuld sein würde. Jeder würde sie dafür verantwortlich machen, einschließlich sie selbst. Auf dem Weg zum Labor versuchte sie Gründe zu finden, warum sie schuldlos an diesem Dilemma war, aber es funktionierte nicht. Sie hatte mit diesem Mann getanzt. Sie hatte ihn in Anns Wohnung gelassen. Sie hatte ihm Freiheiten erlaubt, die sie bei einem anderen Mann, hätte er nur den leisesten Versuch dazu gewagt, sofort mit einem eiskalten Blick unterbunden hätte. Sie hatte ihm erlaubt, sie zu küssen.

Und sie hatte seine Küsse erwidert.

Allison zuckte unwillkürlich zusammen, als sie an Spencers letzte Worte vom vergangenen Abend dachte. Wenn er Ernst machte, stand ihr noch einiges an Ärger bevor.

Aber vielleicht hat er schon längst wieder etwas anderes im Kopf, versuchte sie, sich selbst zu trösten. Vielleicht hat er sich schon wieder auf den Weg zu seiner Jacht gemacht. Davis hat doch erzählt, daß er es nie lange an einem Ort aushielt. Vielleicht war das Ganze nur ein amüsantes Spiel für ihn.

Allison wußte jedoch, daß sie sich mit solchen Hoffnungen selbst etwas vormachte. Es war kein Spiel gewesen, daß er leichtfertig mit ihr getrieben hatte, bereit, am nächsten Tag alles zu vergessen. Er war ein Mann, der wußte, was er wollte, und jetzt wollte er sie.

Sie war so durcheinander, daß sie sich nicht einmal auf ihre Arbeit konzentrieren konnte. Dabei liebte sie ihren Job und fand ihn heute noch genau so faszinierend wie am ersten Tag. In ihren Experimenten beschäftigte sie sich mit der Frage, wie weit Intelligenz vererbt wurde und welche äußeren Einflüsse dazu beitragen konnten, sie weiter zu entwickeln.

Plötzlich spürte Allison, daß sie nicht mehr allein in ihrem Labor war. Sie drehte sich um und sah, daß ihr Chef, Dr. Hyden, eine Ratte betrachtete, die isoliert von den anderen untergebracht war.

»Das ist Alexander der Große«, erklärte Allison stolz. »Ein Prachtkerl.«

»Er scheint ziemlich clever zu sein«, meinte Dr. Hyden. »Genau wie Sie, Allison.« Er tippte ihr auf die Nasenspitze. Seit Allison diese Stelle angetreten hatte, hatte sie mit Dr. Hyden zusammengearbeitet, den sie verehrte. Er war ein glänzender Wissenschaftler, wenn auch manchmal ein bißchen schusselig. Die Zuneigung zwischen ihnen beruhte auf Gegenseitigkeit.

Allison hatte den Finger in den Käfig gesteckt und streichelte das Tierchen. Ihr Gesicht hatte einen nachdenklichen Ausdruck.

»Sie scheinen aber nicht besonders glücklich darüber zu sein, daß Ihr Experiment Ihre Hypothese bestätigt hat«, bemerkte Dr. Hyden.

»Doch, das bin ich schon«, antwortete Allison. »Mir gehen nur dauernd andere Sachen durch den Kopf. Meine Schwester ist heute operiert worden.«

»Oh, es ist doch hoffentlich nichts Schlimmes, oder?«

»Nein, Gott sei Dank nicht«, versicherte ihm Allison. »Trotzdem bin ich natürlich ein bißchen besorgt.«

Sie merkte nicht, daß Dr. Hyden sie aufmerksam musterte. Er wußte es zu schätzen, daß Allison so in ihrer Arbeit aufging, doch hatte er schon manches mal um ihretwillen gewünscht, daß es noch andere Dinge in ihrem Leben gäbe, die ihr genauso wichtig waren. Er fand, daß es einer so jungen und hübschen Frau nicht gut tat, sich so ausschließlich auf die Wissenschaft zu konzentrieren.

»Was haben Sie denn als nächstes vor?« erkundigte er sich dann.

»Ich möchte noch mehr Experimente durchziehen, die sich mit dem Zusammenhang zwischen Intelligenz und Ernährung befassen.«

»Na, da bin ich aber schon auf die Ergebnisse gespannt«, antwortete Dr. Hyden. Er verschränkte die Hände hinter dem Rücken und wippte auf den Zehenspitzen. Plötzlich grinste er Allison an. »Ist es nicht schade, daß wir unsere Experimente nicht auch auf Menschen ausdehnen können?«

Allison lachte. »Es wäre der Traum eines jeden Wissenschaftlers, ein perfektes menschliches Paar zusammenzubringen, sie ein Kind zeugen zu lassen und schon das Ungeborene ständig zu überwachen. Wenn das Kind dann geboren wäre, würde es körperlich und geistig nur mit dem Besten vom Besten versorgt werden. Wer weiß, vielleicht wäre es dann schon bei der Einschulung in der Lage, Shakespeare zu lesen.«

Dr. Hyden legte den Kopf schief und sah Allison an. »Sie wären die perfekte Mutter für ein solches Experiment. Wie ist es, kennen Sie nicht ein paar Kandidaten, die als Vater in Frage kämen?«

Allison lachte wieder, während sie ihren Laborkittel auszog. Sie hatte Feierabend. »Ich weiß nicht, ein solches Experiment würde ich doch lieber an anderen beobachten und nicht an mir selbst.«

»Warum nicht? Sie haben die allerbesten Voraussetzungen dafür, und hier gibt es sicher eine Menge junger Männer, die sich Ihnen mit Freuden zur Verfügung stellen würden.«

Ann blickte ihn pikiert an. »Die Männer hier respektieren mich als Wissenschaftlerin. Sie sehen nicht in erster Linie die Frau in mir.«

»Haben Sie ihnen denn schon mal die Chance dazu gegeben?«

Allison schloß die Tür ihres Spinds und wandte sich wieder Dr. Hyden zu. »Wie steht's denn mit Ihrem Liebesleben, Doktor?« fragte sie.

Er wurde über und über rot. »Tut mir leid, Allison, ich bin wohl ein bißchen übers Ziel hinausgeschossen.« Er kam auf sie zu und legte ihr die Hand auf die Schulter. »Aber jetzt noch etwas anderes. Ich glaube, Sie arbeiten zuviel, Allison. Warum amüsieren Sie sich nicht ein bißchen? Gehen Sie doch heute abend mal aus, trinken Sie ein Glas Wein, tanzen Sie!«

Wieder lachte Allison, aber diesmal klang es nicht sehr fröhlich. Am vergangenen Abend war sie ausgegangen, hatte Wein getrunken und getanzt und sich dabei in die größte Katastrophe ihres Lebens hineinmanövriert. »Nein danke«, antwortete sie. »Ich weiß etwas Besseres. Aber es ist nett, daß Sie sich Gedanken um mich machen.«

Als Allison die Tür zu Anns Apartment aufschloß, hörte sie das Telefon klingeln. Sie rannte an den Apparat.

»Hallo?« meldete sie sich.

»Hallo, Ann, mein Schatz. Hier ist Davis. Sag mal, wo bist du eigentlich den ganzen Nachmittag gewesen?«

»Arbeiten«, hätte sie beinahe geantwortet, aber dann erinnerte sie sich noch rechtzeitig daran, daß Ann sich ja Urlaub genommen hatte. »Ich habe einen Einkaufsbummel gemacht«, erklärte sie.

»Und? Hast du etwas Schönes gekauft?«

Was war, wenn er ihre angeblichen Einkäufe sehen wollte? »Ja«, schwindelte sie, »aber es ist eine Hochzeitsüberraschung.« Du lieber Himmel, langsam wurde sie ja wirklich perfekt darin, sich Ausreden und Lügen auszudenken!

»Ich habe auch eine Überraschung für dich«, antwortete Davis. »Spencer und ich kommen dich in einer Viertelstunde abholen.«

»Eine Überraschung?« wiederholte sie. Noch eine Überraschung war das letzte, was sie jetzt gebrauchen konnte! »Und Spencer kommt mit?«

»Ja, ich habe ihn eingeladen. Du hast doch nichts dagegen, oder?«

»Nein, natürlich nicht«, versicherte Allison ihm. Das war die schlimmste Lüge, die sie sich bis jetzt geleistet hatte. Aber was hätte sie schon sagen können? »Im Gegenteil, ich freue mich.«

Allison betrachtete ihren Khaki-Rock, die genauso langweilige Bluse und die flachen braunen Schuhe, die sie zur Arbeit getragen hatte. »Soll ich mir etwas Besonderes anziehen?« fragte sie dann.

»Nein, das brauchst du nicht. Aber mach dich trotzdem hübsch – für mich«, meinte Davis.

»In Ordnung. In einer Viertelstunde, hast du gesagt?«

»Ja, mein Schatz. Bis gleich.« Davis legte erst auf, als er noch einen Kuß durchs Telefon gehaucht hatte.

Ein Blick in den Spiegel genügte, um Allison zu zeigen, daß sie sich anstrengen mußte, wenn sie in fünfzehn Minuten die Umwandlung vom häßlichen Entlein in den strahlenden Schwan zustandebringen wollte. Blitzschnell zog sie sich ihre Sachen aus und musterte das Angebot in Anns Kleiderschrank, das genauso bunt und vielfältig war wie ihres trübe und eintönig. Schließlich entschied sie sich für eine helle Leinenhose und einen dazu passenden Pullover.

Dann kamen die Haare und das Make-up dran. Allison zog die Haarnadeln aus ihrem Knoten, bürstete das Haar kräftig durch, dann noch ein bißchen Wimperntusche und Lippenstift, und schon war sie fertig.

Genau in diesem Augenblick klingelte es an der Tür. Allison öffnete, und vor ihr stand Davis. Liebevoll zog er sie zur Begrüßung in die Arme und küßte sie.

Am liebsten wäre Allison zurückgewichen, aber ein Blick auf den Mann, der hinter Davis auftauchte, bewirkte, daß sie Davis ihre Arme um den Hals schlang und ihr ganzes Herz in diesen Kuß legte. Gott und meine Schwester werden es mir verzeihen, dachte sie spöttisch und hoffte, daß es schnell vorbei war.

»Ich hab' dich vermißt, mein Schatz«, murmelte Davis ihr ins Ohr, als er sie endlich wieder freigab. Allison lachte leicht und wischte dann mit den Fingerspitzen die Lippenstiftspuren weg, die sie hinterlassen hatte.

»Ich dich auch«, antwortete sie schließlich. Dann wandte sie sich betont fröhlich an Spencer. »Und wie geht's Ihnen?« erkundigte sie sich. »Hat Davis Sie den ganzen Tag auf Trab gehalten?« Doch bei Spencers Anblick wurden ihre Knie so schwach, daß sie sich schnell bei Davis einhängte.

Spencer lachte. »Davis hat mir mindestens hundert

Computer in allen Einzelheiten erklärt, und mir brummt immer noch der Kopf davon.«

»Das kann ich mir vorstellen«, antwortete sie. »Aber faszinierend ist es schon, nicht wahr?« Sie drückte Davis' Arm und achtete darauf, daß Spencer diese liebevolle Geste auch ja bemerkte.

»Davis hat mir erzählt, daß Sie auch mit Computern arbeiten, Ann. Was machen Sie denn genau?«

Allisons Lächeln verschwand. Warum hatte sie nie besser zugehört, wenn Ann von ihrer Arbeit berichtet hatte? »Ich ... tja ... ich ...« stotterte sie hilflos.

»Sie ist viel zu bescheiden, um dir zu sagen, daß sie die Chefprogrammiererin der Firma ist«, mischte Davis sich ein und sah Allison stolz an.

Allison schenkte ihm ihr allerschönstes Lächeln. In diesem Augenblick hätte sie ihm sogar freiwillig einen Kuß gegeben. »Habt ihr beide eigentlich vergessen, daß ich Urlaub habe? Und im Urlaub mag ich nicht über meine Arbeit sprechen. Verratet mir lieber, was die große Überraschung ist!«

Davis grinste Spencer verschwörerisch an. »Sollen wir sie noch ein bißchen schmoren lassen! Was meinst du, Spencer?«

»Wagt es bloß nicht!« rief sie aus, so wie es Ann sicherlich auch getan hätte, und hieb Davis spielerisch mit der Faust.

»Also gut«, gab Davis nach. »Ich habe heute nachmittag ein Haus entdeckt, und ich möchte gern, daß du es dir ansiehst, Ann. Ich glaube, es ist genau das richtige für uns.«

»O Darling, das ist ja wundervoll!« Allison fiel Davis um den Hals. Er und Ann waren schon seit

Monaten auf der Suche nach einem Haus, und Allison wußte, daß Ann genauso reagiert hätte. »Wo ist es denn? Können wir es uns auch leisten? Und wie ist es?«

Davis lachte. »Warte ab, bis du es selbst gesehen hast.«

Während der Fahrt saß Allison vorn neben Davis, aber sie war sich überdeutlich bewußt, daß Spencer sie die ganze Zeit nicht aus den Augen ließ. Unwillkürlich fing sie an, die beiden Männer miteinander zu vergleichen. Natürlich schnitt Davis dabei wesentlich schlechter ab, und als Allison das auffiel, schob sie ärgerlich diese Gedanken beiseite.

Ihre Stimmung sank noch mehr, als sie bei dem Haus ankamen, von dem Davis so begeistert war. Ann hätte es geliebt, aber Allison verabscheute es auf den ersten Blick.

Es war ein Bungalow, brandneu, aber völlig ohne Atmosphäre.

»O Davis«, sagte sie und hoffte, daß sie sich nicht ganz so verzweifelt anhörte, wie sie sich fühlte.

Selbst der Garten wirkte künstlich. Alles war wie mit dem Lineal gezogen, und auch die Blumen standen in Reih und Glied. Doch Allison heuchelte Begeisterung, als Davis sie zum Haus führte. Er stellte ihr den Makler vor, der ihr auf Anhieb unsympathisch war.

Im Inneren roch es noch nach frischer Farbe und Tapetenkleister. Allison stellte schnell fest, daß die Räume ziemlich einfallslos aufgeteilt waren. Die Küche wirkte sogar noch steriler als ihr Labor. Allison konnte sich beim besten Willen nicht vorstellen, daß in dieser Küche einmal gemütliche Unordnung herrschte und etwas Leckeres auf dem Ofen brutzelte.

»Warte nur, bis du das Bad siehst«, sagte Davis in ihre Gedanken hinein. »Es ist ein Traum.« Die Badewanne war in den Boden eingelassen, und die Wände waren mit hellen Kacheln gefliest. Davis beobachtete sie gespannt.

»Du sagst aber nicht besonders viel«, meinte er dann ein bißchen enttäuscht.

Allison wandte sich zu ihm um und legte ihm beruhigend eine Hand auf den Arm. »Weil ich so überwältigt bin«, behauptete sie. Sie wußte, daß Ann tatsächlich hingerissen gewesen wäre, denn sie hatte ihr oft genug in allen Einzelheiten beschrieben, wie sie sich ihr zukünftiges Haus vorstellte. »Es hat mir einfach die Sprache verschlagen. Es ist . . . es ist einfach . . .«

»Ich will dich ja gar nicht beeinflussen«, unterbrach Davis sie. »Gefällt es dir denn wirklich?« fragte er und sah sie dabei ängstlich an.

»O ja«, antwortete Allison. »Ich finde es wundervoll.« Sie drückte ihn fest an sich, so daß sie ihm nicht in die Augen zu schauen brauchte. Sie wollte nicht, daß er doch noch merkte, wie schamlos sie ihn angelogen hatte.

»Mr. Lundstrum, ich möchte Ihnen noch den Hobbyraum mit der Werkbank zeigen« mischte sich in diesem Augenblick der Makler ein,.

Davis gab Allison einen Kuß auf die Nasenspitze, dann folgte er dem Makler. Sie und Spencer blieben allein im Badezimmer zurück. Spencer war ihnen von einem Raum zum anderen gefolgt, aber er hatte sich jeden Kommentars enthalten.

»Es gefällt Ihnen nicht, nicht wahr?« sagte er plötzlich.

Allison wandte sich ihm zu, verwirrt und verärgert, daß er sie so leicht durchschaut hatte. »Ich liebe das Haus«, behauptete sie. »Sie haben doch gehört, daß ich das Davis auch gesagt habe.«

»Ja«, bestätigte er und kam auf sie zu. »Ich habe es gehört, aber das ändert nichts an der Tatsache, daß Sie wieder einmal gelogen haben.«

»Das stimmt nicht«, widersprach sie energisch.

Doch Spencer ging gar nicht darauf ein. »Ich habe sofort gewußt, daß dieses Haus nichts für Sie ist«, meinte er. »Sie brauchen ein gemütliches, anheimelndes Haus, mit einer wunderschönen alten Holztreppe, die knarrt, wenn man die Stufen hochgeht. Ein Haus mit Nischen und Winkeln und mit Räumen voller Überraschungen.«

»Das hört sich aber eher nach einem verwunschenen Hexenhäuschen an«, antwortete Allison spöttisch. »Nicht nach einem wohnlichen Heim.«

Spencer stand jetzt so nahe vor Allison, daß sie den Kopf heben mußte, wenn sie ihn ansehen wollte. »Sie haben mich letzte Nacht verzaubert, Ann«, sagte er leise. »Ich habe nicht ein Auge zugetan. Sie?«

»Ich habe geschlafen wie ein Murmeltier.«

Spencer strich mit dem Finger über die dunklen Ränder, die sich unter Allisons Augen abzeichneten. »Das stimmt nicht. Sie haben genau wie ich die ganze Nacht wach in Ihrem Bett gelegen und über unseren Kuß nachgedacht. Und als Sie heute morgen aufgestanden sind, hatten Sie ihn immer noch nicht aus ihren Gedanken verbannt. Und die Erinnerung daran hat Sie auch den ganzen Tag über begleitet, nicht wahr?«

»Nein«, flüsterte Allison. In ihrer Stimme klang Verzweiflung mit.

»Sie haben darüber nachgedacht, wie unvermittelt uns diese Anziehungskraft getroffen hat«, fuhr er fort, ohne auf ihren Einwand zu achten.

»Nein, das habe ich nicht . . .«

»Und Sie haben sich daran erinnert, wie schön dieser Kuß war.«

»Reden Sie nicht . . .«

»Und wie perfekt sich Ihre Brust in meine Hand geschmiegt hat. Ann, wir beide sind in jeder Beziehung wie füreinander geschaffen.«

»Bitte, hören Sie auf! Wenn Davis auch nur ein Wort davon mitbekommt!« flehte sie.

»Warum tun Sie das?« wollte er wissen.

»Was?«

»Vorgeben, daß Sie Davis lieben.«

»Ich gebe es nicht vor. Ich liebe ihn wirklich!«

»Vielleicht, aber nicht genug, um ihn zu heiraten.«

»Aber ich werde ihn heiraten.«

»Warum? Aus Pflichtgefühl? Fühlen Sie sich irgendwie schuldig, weil er Ihnen mehr Gefühl entgegenbringt als Sie ihm? Lassen Sie sich deshalb in eine Ehe drängen, die einfach unglücklich werden muß? Damit tun Sie auch Davis keinen Gefallen, denn eines Tages wird er herausfinden, wie Sie wirklich zu ihm stehen.«

»Ich will kein Wort mehr davon hören«, sagte Allison. Sie wollte einen Schritt von Spencer wegmachen, aber er hielt sie fest.

»Ich weiß, warum Sie so wenig von mir halten,

Ann. Davis hat Ihnen mein Leben viel aufregender geschildert, als es wirklich ist. Er hat mich in seinen Erzählungen zu einem reichen Playboy gemacht, der auf den Weltmeeren herumschippert, nur so, zu seinem Vergnügen, und jede Nacht mit einer anderen Frau schläft.«

»Und tun Sie das denn nicht?«

Wieder lächelte er auf diese Weise, die sie dahinschmelzen ließ. »Kaum. Ich arbeite nämlich auch sehr fleißig.«

»Und was?«

»Das ist im Augenblick nicht von Bedeutung. Ich gebe ja durchaus zu, daß ich anfangs, als ich das Boot gekauft habe, viel Spaß hatte. Abenteuer in allen möglichen Ländern, auch mit allen möglichen Frauen.«

»Ersparen Sie mir die schmutzigen Details.«

»Das hatte ich sowieso vor. Was ich nur sagen wollte, ist, daß ich inzwischen erwachsen geworden bin. Und daß ich schon seit langer Zeit auf der Suche gewesen bin. Aber erst in der vergangenen Nacht, als ich Sie in meinen Armen hielt, habe ich begriffen, was es eigentlich war, das ich immer gesucht hatte.«

»Nun sagen Sie mir bitte nicht . . .«

»So hören Sie doch weiter zu!« meinte er und schüttelte sie leicht. »Ich habe das Ganze genausowenig geplant wie Sie auch, und ich bin auch nicht besonders glücklich darüber. Immerhin ist Davis mein bester Freund, und wir sind fast wie Brüder gewesen. Ich hasse es, ihm weh zu tun, aber ich hasse auch den Gedanken, daß Sie ihm gehören. Und ich werde es nicht zulassen, daß Sie sich und zwei andere Menschen todunglücklich machen.«

Plötzlich hatte Allison das Bild ihrer Schwester vor Augen, Ann, die sie anklagend ansah. Wollte sie, Allison, wirklich das Leben ihrer Schwester ruinieren, indem sie weiter den Verlockungen dieses Mannes nachgab? »Ich bin nicht unglücklich, Spencer«, sagte sie lauter, als nötig war. »Ich liebe Davis.«

»Sie glauben nur, daß Sie ihn lieben«, berichtigte er sie. Fast schien es, als klänge Mitleid in seiner Stimme. »Sie küssen ihn, und Sie berühren ihn, aber ich habe Ihre Zurückhaltung dahinter erkannt.« Er packte sie an den Schultern und zog sie ganz nah an sich heran. »Aber gestern abend hat Ihr Körper alles andere als zurückhaltend reagiert, nicht wahr? Und Sie wissen genausogut wie ich, daß unser Kuß nicht einfach nur ein Kuß war, sondern so, als ob wir miteinander geschlafen hätten.«

Und wie um es ihr zu beweisen, wiederholte er seine Liebkosung.

Sein Mund senkte sich zärtlich, aber auch besitzergreifend auf ihren. Er flüsterte ihr süße Worte zu, und die Versprechungen, die er machte, wurden von seinen Lippen erfüllt. In Allison stieg eine Erregung auf, die sie nicht mehr unterdrücken konnte – und auch nicht unterdrücken wollte. Ihr Körper gab nach, und sie schmiegte sich eng an Spencer, während sie ihre Arme um seinen Hals schlang.

Allison Leamon hatte bis jetzt immer nur über solche Situationen gelacht. Wußte sie nicht allzu genau, daß Sex etwas rein Biologisches und Körperliches war? Gefühle –, daß sie nicht lachte! – gehörten nicht dazu. Jedes beliebige Männchen und jedes Weibchen derselben Spezies konnten sich paaren – und dafür waren nichts anderes als bestimmte Reize und gesunde Organe erforderlich.

Und jetzt hatte sie selbst plötzlich alle ihre Theorien auf den Kopf gestellt. Hier war sie; die kühle Wissenschaftlerin, in den Armen eines Mannes, der sie all ihren Verstand vergessen ließ. Ihr Herz hämmerte gegen ihre Rippen, und ihr Körper sehnte sich danach, Spencer noch näher zu sein, mehr von ihm zu bekommen. Und es gab ihr ein Gefühl von Befriedigung, als sie spürte, daß nicht nur sie allein so erregt war. Spencers Mund war hungrig, genauso wie sein ganzer Körper, der vor Begehren nach ihr ganz hart geworden war.

Vor Verlangen nach *ihr*?

Er küßte nicht wirklich sie, er küßte Ann. Hätte sie sich jetzt in dieser Sekunde durch Zauberei in die gute alte Allison zurückverwandelt, so wäre all sein Begehren wahrscheinlich auf der Stelle in sich zusammengefallen. Er küßte eine rothaarige Frau, die verführerische Kleider aus hauchdünnem Chiffon liebte, die zwei Cocktails trinken konnte, ohne beschwipst zu werden, und die solche schrecklichen Dinge wie *Pâte de foie gras* und sterile Häuser liebte.

Aber Ann hätte wahrscheinlich soviel gesunden Menschenverstand gehabt, daß sie nie zugelassen hätte, daß sich ihr der beste Freund ihres Verlobten auf solche Weise näherte. Sie hätte Spencer nie erlaubt, sie mit einer so provozierenden Intimität zu küssen.

Allison schob Spencer von sich. Ihre Lippen waren

rot und noch feucht von seinem Kuß, und ihre Augen glänzten. »Bitte, Spencer, das dürfen wir nie wieder tun!« sagte sie.

»Ich weiß.« Er trat einen Schritt zurück und wandte den Kopf, als er Davis und den Makler kommen hörte. »Solange Sie das hier tragen«, fuhr er fort und zeigte auf ihren Verlobungsring mit dem Diamanten, »werde ich Sie nicht mehr anrühren. Ich will meinen besten Freund nicht hintergehen, und genau deshalb muß ich ihm alles erzählen. Und ich werde schon noch eine geeignete Möglichkeit dazu finden.«

Voller Panik griff Allison nach seinem Arm. »Sie werden gar nichts tun, Spencer, gar nichts! Haben Sie mich verstanden? Sie werden Davis nicht ein Wort von der ganzen Sache verraten!« Allison blickte ihn flehend an. »Ich werde Davis heiraten, und Sie werden nichts daran ändern können!«

Sie sah, wie sich sein Gesichtsausdruck verhärtete, und wußte, daß sie nichts erreicht hatte. Anns Zukunft schwebte am Rande des Chaos! Und das war ganz allein ihr, Allisons, Fehler. Ungeachtet dessen, ob sie sich dabei demütigen würde, mußte sie Spencer die ganze Wahrheit gestehen. Sie hatte einfach keine andere Wahl. »Hören Sie, Spencer, da ist noch etwas, was ich Ihnen unbedingt sagen muß«, fing sie an. »Ich bin nicht . . .«

Aber Allison konnte nicht zu Ende reden.

»Ihr zwei solltet auch mal die Garage ansehen«, meinte Davis fröhlich, als er vor ihnen stand. »Sie ist so groß, daß man glatt zwei Wagen nebeneinander parken kann, und dann bleibt immer noch Platz genug übrig.«

Allison hatte ihre Chance verspielt. Das Theater mußte weitergehen.

Sie fiel Davis überschwenglich um den Hals. »Schatz, ich bin von dem Haus ganz begeistert, aber noch viel, viel mehr liebe ich dich!«

Davis und Spencer hatten noch vor, zusammen Rakettball zu spielen, anschließend wollten sie gemeinsam mit ein paar von Davis' Freunden essen.

»Es macht dir doch nicht aus, wenn ich noch einen Abend nur mit den Jungs ausgehe, oder?« hatte Davis gefragt.

»Natürlich nicht, Darling.« Wie gut, daß er nicht ahnte, wie erleichtert sie in Wirklichkeit war. Aber sie zog einen Schmollmund – das war typisch für Ann – und legte ihm eine Hand auf die Brust. »Aber nur, wenn es nicht so oft vorkommt«, fügte sie hinzu.

Er gab ihr einen leidenschaftlichen Kuß, aber er hätte ihr auch genausogut die Hand schütteln können – so gering war die Wirkung auf sie. Doch er zögerte das Abschiednehmen noch weiter hinaus, und Allison war froh, als sie endlich die Tür hinter ihm zumachen konnte.

Dann stürzte sie auch schon zum Telefon. Sie mußte unbedingt mit Ann sprechen.

Schon nach dem zweiten Klingeln nahm Ann den Hörer ab, aber ihre Stimme klang von der Narkose immer noch ein bißchen schwach.

»Annie, ich muß unbedingt mit dir reden«, fing Allison an.

»Hallo, Allison!«

Plötzlich fiel Allison ein, daß sie sich noch nicht einmal erkundigt hatte, wie es ihrer Schwester ging, und schnell holte sie das nach.

»Na ja, die Verbände drücken ein bißchen, aber sonst geht's mir gut. Nur die Narkose ist meinem Magen nicht so gut bekommen.«

»Du, Annie, ich muß ...«

Ihre Schwester unterbrach sie. »Wie war's denn heute bei der Arbeit?« wollte sie wissen.

Bei der Arbeit? Allison schüttelte den Kopf. Jetzt, wo sie das Gefühl hatte, daß sie jeden Augenblick unter einem Berg begraben werden könnte, war ihre Arbeit das letzte, worüber sie sprechen wollte. »Ach, es war ganz okay«, antwortete sie deshalb nur kurz. »Annie, hör mal ...«

Doch wieder kam sie nicht dazu, weiterzureden. »Was hast du denn heute getan?« fragte Ann weiter.

Allison seufzte und rieb sich die Schläfe, hinter der ein kleines Teufelchen sie mit Hammerschlägen traktierte.

»Ich untersuche gerade, inwieweit Vererbung und Intelligenz miteinander zusammenhängen.«

Ann lachte. »Du solltest selbst ein Baby haben. Das wäre bestimmt schon von Geburt an ein kleines Genie.«

»Das meinte Dr. Hyden heute auch«, antwortete Allison abwesend. Jetzt hatte sich das Teufelchen auch über die zweite Schläfe hergemacht. »Das Problem ist nur, einen Vater zu finden, der ebenso intelligent ist wie ich. So, Ann, und jetzt hör mir bitte endlich zu, ja? Ich habe nicht angerufen, um mit dir über meine Arbeit zu plaudern. Wir haben ein Problem. Davis hat mich heute mitgenommen, um mit mir ein Haus anzuschauen. Ihm gefällt es, und ich glaube, auch du würdest begeistert sein. Das Problem ist nur, daß der Makler nicht warten will und darauf drängt, daß Davis unterschreibt.«

»Dann soll er das doch tun. Wenn du glaubst, daß es mir gefällt, dann wird es das bestimmt.«

»Und wenn es nicht so ist? Dann bist du an dieses Haus gebunden und wirst mir ewig Vorwürfe machen. Wirklich, Ann, es gibt nur eine Lösung: Morgen früh bringe ich Davis zu dir ins Krankenhaus, und dann könnt ihr alles besprechen.«

Das würde auch noch ein anderes Problem lösen. Spencer würde sehen, wie sehr Ann ihren Davis liebte, und dann würde er sich entweder von ihr, Allison, abwenden oder weiter um sie kämpfen. Aber auf jeden Fall war sie dann den Schwarzen Peter los.

»O nein, bitte nicht!« bettelte Ann. »Allison, das kannst du mir nicht antun. Du hast es versprochen!«

»Es macht mich einfach fertig, die ganze Zeit so zu tun, als wäre ich du«, antwortete Allison. »Würdest du denn Spaß daran haben, für ein paar Tage meine Rolle zu spielen?«

Ann schwieg eine ganze Weile, bevor sie darauf etwas erwiderte. »Nein«, gab sie dann schließlich zu. »Aber ich will nicht, daß Davis jetzt schon von der Korrektur erfährt. Warte doch noch einen Tag oder zwei, bitte, Allison!«

Vor lauter Enttäuschung knirschte Allison mit den Zähnen, aber sie machte noch einen Versuch. »Annie, du weißt doch, wie liebevoll Davis ist. Er küßt mich die ganze Zeit. Genauso, wie er dich küßt«, fügte sie noch hinzu. Sie ließ das eine Weile wirken. »Verstehst du, Ann, was ich damit sagen will?«

Doch Ann lachte nur. »Mit dem Trick legst du mich nicht herein, Allison«, meinte sie. »Auf dich bin ich kein bißchen eifersüchtig. Ich weiß doch, was du von Männern hältst, und ich kann mir einfach nicht vorstellen, daß Davis' Küsse dich unschicklich erregen.« Sie kicherte. »Es braucht ein bißchen mehr als ein paar Küsse, bis du richtig in Fahrt kommst!«

Wetten, daß nicht? dachte Allison. Wenn Ann sie mit Spencer zusammen gesehen hätte, wäre sie aus dem Staunen über ihre nur so schwer in Fahrt zu bringende Schwester nicht herausgekommen. Allison brauchte noch nicht einmal einen Kuß. Ein Blick von Spencer genügte schon, daß sie schwach wurde!

»Ich habe doch deine Gefühle jetzt nicht verletzt, oder?« erkundigte Ann sich vorsichtig.

»Nein.«

»Du weißt ja, daß ich dich für attraktiv halte. Ich habe aber keine Lust, mich von dir mit Davis erpressen zu lassen.« Ann lachte. »Und ein bißchen Übung im Küssen kann dir auch nicht schaden!«

Allison seufzte und ignorierte diese letzte Bemerkung. Sie hatte es versucht. Sie hatte versucht, Spencer die Wahrheit zu gestehen, aber sie war unterbrochen worden. Sie hatte versucht, Ann davon zu überzeugen, das Verwechslungsspiel aufzudecken, aber sie hatte keinen Erfolg gehabt. »Okay, Ann«, gab sie nach. »Einen Tag lang werde ich noch in deine Rolle schlüpfen. Aber bete zu Gott, daß es keine ernsten Folgen hat!«

»Es wird keine Folgen geben«, widersprach Ann. »Wenn Davis erst die Wahrheit kennt, wird er darüber lachen, und wenn er meinen neuen Busen sieht, wird er mir sowieso alles verzeihen.«

Das mochte ja möglich sein, aber Spencer war und blieb ein unbekannter Faktor in dieser Rechnung. Andererseits war es besser, wenn Ann nie herausfand, was sie, Allison, für Davis' besten Freund empfand.

»Also dann, schlaf gut, Ann! Ich seh' mal, ob ich morgen in der Mittagspause vorbeikommen kann.«

»Gute Nacht, Allison. Und vielen Dank. Ich weiß, daß das alles nicht immer leicht für dich ist.«

Das, dachte Allison, war die Untertreibung des Jahrhunderts!

Allison hatte sich gerade über ihr Mikroskop geneigt. Ihre Augen brannten von einer weiteren schlaflosen Nacht. Sie trug wieder ihre Brille, und die Haare hatte sie wie immer zu einem strengen Knoten zusammengesteckt. Unter ihrem weißen Kittel schaute ein olivgrünes Kleid hervor, und ihre Schuhe waren genauso häßlich wie bequem. Während der Arbeit verzichtete sie auf jeden Schmuck, nur ein Bleistift steckte hinter ihrem Ohr.

Ihre Aufmachung war wirklich nicht dazu angetan, irgend jemanden zu begeistern.

»Miss Leamon? Allison Leamon?«

Allisons Kopf ruckte hoch, und sie wirbelte herum, als sie diese nur allzu vertraute Stimme hinter sich hörte, aber dann erstarrte sie mitten in der Bewegung. Er hatte ihre sichere Welt betreten, füllte sie aus, ließ sie immer kleiner erscheinen.

»Ja?« sagte sie, und ihre Stimme klang rauh.

»Mein Name ist Spencer Raft.«

4

Unwillkürlich machte Allison einen Schritt zurück und lehnte sich gegen einen Labortisch, als gäbe ihr das mehr Sicherheit. Sie hatte den Schock über Spencers plötzliches Auftauchen immer noch nicht überwunden. Sie war sich nicht sicher, was sie nun tun sollte.

Er dagegen schenkte ihr ein freundliches Lächeln und kam immer näher auf sie zu, während er sie aufmerksam musterte.

»Es ist wirklich unglaublich«, meinte er dann. »Sie sind tatsächlich identisch.« Doch dann schüttelte er den Kopf und fügte hinzu: »Sie müssen mir schon verzeihen, daß ich Sie so angestarrt habe. Wie ich schon gesagt habe, mein Name ist Spencer Raft.«

Wahrscheinlich erwartete er jetzt von ihr, daß sie ihm die Hand reichte, aber sie war einfach nicht fähig, sich zu bewegen, geschweige denn, ihn zu berühren.

»Und ich bin Allison Leamon«, erwiderte sie, doch

mitten in ihrer Antwort schlug ihre Stimme um wie bei einem Jungen im Stimmbruch.

»Ich habe vor kurzem Ihre Schwester kennengelernt«, erklärte Spencer. »Die Ähnlichkeit zwischen Ihnen beiden ist unglaublich, wirklich.«

Allison überlegte, daß sie nicht die ganze Zeit so stehenbleiben konnte, als wäre sie festgefroren. Sie mußte sich wenigstens mit ihm unterhalten. »Ann hat Ihren Namen erwähnt. Sie sind ein Freund von Davis, nicht wahr?«

»Ja.« Sein Blick ruhte noch einen Moment auf ihr, dann drehte er sich um und wanderte durch das Labor, als fühlte er sich hier schon wie zu Hause. Er betrachtete die Tiere in den Käfigen. »Ann hat über Ihre Arbeit geredet«, sagte er. »Ich finde, das klingt äußerst faszinierend.«

War er nur höflich, oder dachte er wirklich so? »Ja, mir gefällt mein Job auch«, antwortete Allison.

Spencer wandte sich zu ihr um, irritiert durch ihre unfreundliche, fast schon feindselige Haltung ihm gegenüber. »Ich habe Sie doch nicht gerade zu einem Zeitpunkt unterbrochen, wo Sie keine Unterbrechung gebrauchen können, oder?«

»Nein.« Etwas freundlicher fügte Allison hinzu: »Ich bin gerade dabei, ein neues Experiment vorzubereiten.«

Sie befeuchtete ihre trockenen Lippen und versuchte, sich zu entspannen, aber es war nicht einfach. Spencer war der letzte, den sie in ihrem Labor zu sehen erwartet hatte, und sein Auftauchen hatte zwiespältige Gefühle in ihr ausgelöst. Einerseits fürchtete sie, daß er nun ihren Rollentausch durchschauen könnte, anderseits war sie aber auch enttäuscht, daß er sie nicht auf den ersten Blick erkannt hatte.

Sie malte sich aus, was für eine melodramatische Szene es gewesen wäre, wäre er mit ausgebreiteten Armen auf sie zugestürmt und hätte ausgerufen: »Liebling, glaubst du vielleicht, du könntest mir etwas vormachen?« Und er hätte ihr die Nadeln aus dem Knoten gezogen, so daß ihr die ganze Haarpracht über die Schultern gefallen wäre. Er hätte sie in die Arme genommen und sie voller Sehnsucht geküßt. Und dann hätte er angefangen, ungeduldig die Knöpfe ihres Kleides zu öffnen, und hätte mit seinen Lippen ihre Brüste liebkost, während er ihr leidenschaftlich seine Liebe erklärt hätte.

Unsinn, schalt sich Allison, ich hätte ihm eine runtergehauen, wenn er sich so etwas in meinem Labor erlaubt hätte.

Plötzlich fragte Spencer sie: »Was wollen Sie denn mit Ihrem neuen Experiment herausfinden?«

Allison, die immer noch nicht wußte, ob er nur ein guter Schauspieler oder wirklich interessiert war, erklärte ihm dennoch ihr Vorhaben. Dabei ging sie in dem Raum auf und ab.

Als sie an einem der Affenkäfige vorbeikam, hüpfte eines der jüngeren Tiere nach vorne. Allison steckte ihm eine Erdnuß durch die Stäbe, die er vorsichtig entgegennahm und dann mit Genuß verzehrte. »Das ist Oscar«, stellte sie vor. »Er ist schrecklich verwöhnt.«

Als Spencer lachte, zog sich ihr Magen zusammen. Es war einfach unfair, daß ein Mann so attraktiv sein konnte.

»Jetzt kann ich erst recht sagen, daß Ihre Arbeit sehr interessant sein muß«, meinte Spencer schließlich.

Allison lächelte. »Manchmal ist sie auch langweilig oder reine Routine. Und man braucht sehr viel Geduld. Die Natur funktioniert nicht immer so, wie man gern möchte.«

Oscar hatte Appetit auf mehr Erdnüsse und zog ungeduldig an Spencers Finger, den er durch die Stäbe gesteckt hatte.

»Sind die Versuchstiere eigentlich sehr teuer?« wollte Spencer wissen.

»Ja«, antwortete Allison. »Aber wir verbrauchen nicht so viele, weil wir keinen dieser grausamen Tierversuche durchführen. Bei uns haben sie in etwa ihre ganz normale Lebensspanne. Und außerdem züchten wir unseren Nachwuchs selbst.« Sie lachte. »Damit erwischen wir zwei Fliegen auf einen Schlag.«

»Dann verkuppeln Sie also diese unschuldigen Tierchen miteinander«, zog Spencer sie auf.

Allison wagte es, ihn wieder anzusehen. »Normalerweise führen wir eine künstliche Befruchtung durch«, erklärte sie.

Spencer warf einen kurzen Blick auf Oscars Eltern und lächelte dem männlichen Tier mitleidig zu. »Da wird der arme Kerl ja um den ganzen Spaß gebracht«, sagte er und grinste. »Meinen Sie nicht auch, daß das ihm gegenüber unfair ist?«

Allison hielt es plötzlich nicht mehr aus, Spencer weiter anzuschauen.

»Möchten Sie einen Kaffee?« fragte sie.

Ohne seine Antwort abzuwarten, ging sie zu einem

Tisch, auf dem eine Kaffeemaschine, mehrere Plastiktassen und Zucker und Milch standen.

»Gern«, erwiderte Spencer. »Bitte schwarz.« Er folgte Allison. »Und nennen Sie mich doch Spencer.« Er setzte sich auf einen Hocker.

Unwillkürlich registrierte Allison, wie sich seine Hose über seinen Oberschenkeln spannte, und wieder mußte sie schlucken. Ihre Hände zitterten so sehr, daß sie kaum den Kaffee eingießen konnte. In dem Versuch, ihre Nervosität zu überspielen, sagte sie: »Ich freue mich ja immer, wenn ich jemandem das Labor zeigen kann, aber ich glaube, Sie sind nicht hierhergekommen, um sich meine Arbeit erklären zu lassen.«

Sie reichte ihm seine Tasse Kaffee, und als er sie entgegennahm, trafen sich für einen Moment ihre Blicke. »Das stimmt, Allison«, gab Spencer zu. »Ich bin hierhergekommen, weil ich mit Ihnen über Ihre Schwester sprechen wollte.«

Allison führte ihre Tasse zum Mund, trank aber noch nicht. »Über Ann?« fragte sie. »Wieso?«

»Ich möchte mit Ann schlafen.«

Allisons Kaffee landete auf ihrem makellos weißen Kittel und auf Spencers teurem Jackett. Sie hustete so sehr, daß sie glaubte, sie könnte in ihrem Leben nie wieder aufhören, und Tränen liefen ihr über die Wangen, während sie verzweifelt dagegen ankämpfte zu ersticken.

Spencer sprang auf und klopfte ihr auf den Rücken. »Na? Ist es jetzt wieder besser?« wollte er wissen, nachdem sie ein paar Sekunden lang nicht mehr gehustet hatte.

»Ja, es geht schon wieder«, flüsterte Allison immer noch halb erstickt.

»Möchten Sie einen Schluck Wasser?«

»Ja, bitte.«

Er ließ Wasser in ein Glas laufen und brachte es ihr dann. Allison probierte zuerst noch zögernd, aber dann trank sie das Glas auf einen Zug leer. Mit einem Zipfel ihres Kittels wischte sie sich die Tränen aus dem Gesicht. Spencer drückte ihr ein Taschentuch in die Hand – das zweite innerhalb von achtundvierzig Stunden, aber das ahnte er nicht. »Danke«, meinte sie schließlich und gab ihm das Taschentuch zurück. »Tut mir leid, daß ich Ihr Jackett bekleckert habe.«

Spencer zuckte mit den Schultern. »Das ist doch kein Weltuntergang«, antwortete er. »Es kommt in die Reinigung, und dann ist es wieder okay.« Er sah sie kurz an. »Sind Sie sicher, daß es Ihnen wirklich wieder besser geht?«

»Ja. Nur... das, was Sie über Ann gesagt haben...«

Er grinste. »Nun ja, ich war wohl wirklich ein bißchen zu direkt. Ich sollte mich dafür entschuldigen. Aber ich dachte, weil Sie ja Zwillinge sind, hätte Ann sich Ihnen schon anvertraut.«

»Oh, wir stehen uns auch sehr nahe«, bestätigte Allison. »Ich habe nur einfach nicht damit gerechnet, daß Sie so etwas sagen würden.«

Wieder grinste Spencer und zuckte mit den Schultern. »Diese Offenheit ist einer meiner größten Fehler, das weiß ich. Aber so bin ich nun mal. Ich rede nicht gern lange um den heißen Brei herum.«

»Ja, das weiß ich«, murmelte Allison vor sich hin.

»Wie bitte?«

Allison hatte sich schon wieder in der Gewalt. »Ach nichts. Spencer, ich glaube, daß Sie kein Glück haben werden. Ann wird Davis in ein paar Wochen heiraten. Sie ist über beide Ohren in ihn verliebt.«

»Wirklich?«

»Ja.«

»Wissen Sie das hundertprozentig?«

Allison wußte, daß es so war. Ann liebte Davis tatsächlich. »Ja«, sagte sie noch einmal. »Sie redet von nichts anderem mehr als von ihm.« Ihre Worte hatten aufrichtig klingen sollen, aber sie merkte selbst, daß ihr das nicht gelungen war.

Spencer stand von seinem Hocker auf und begann, im Labor auf und ab zu gehen. »Ich kann Ihnen das einfach nicht glauben«, meinte er plötzlich und drehte sich wieder zu Allison um. »Ich bin fest davon überzeugt, daß Ann Davis nicht so liebt, wie sie es immer behauptet.«

»Wie kommen Sie denn darauf?«

»Ich habe sie geküßt, und ich bin der Meinung, daß eine Frau, die einen Mann über alles liebt und heiraten will, nicht in einer solchen Art und Weise die Küsse eines anderen Mannes erwidert.«

»Ach, geküßt haben Sie sie also auch«, sagte Allison, und ihre Stimme klang ziemlich schwach dabei.

»Bitte, glauben Sie mir, Allison, daß ich nicht der Typ bin, der eine Frau küßt und vor anderen Leuten damit prahlt. Ich würde nie über mein Liebesleben reden, auch nicht mit meinen besten Freunden, aber das hier ist eine Ausnahme.« Spencer fuhr sich mit der Hand durch sein dichtes Haar. »Ann ist eine Ausnahme.«

Als Allison ihren Hustenanfall bekommen hatte, hatte sie ihre Brille abgenommen, aber jetzt setzte sie sie wieder auf, damit Spencer nicht die Verwirrung erkennen konnte, die sich in ihren Augen widerspiegelte. Sie wußte, daß man ihr normalerweise jede Gefühlsregung von den Augen ablesen konnte.

»Ausnahme?« wiederholte. »Inwiefern ist Ann eine Ausnahme?«

Spencer sah sie direkt an, und Allison fürchtete wieder, daß ihre Knie nachgeben könnten. »Ich weiß nicht, wie ich es ausdrücken soll«, fing er an. »Ich begehre sie, wie ich noch nie eine Frau begehrt habe, aber es ist nicht nur eine rein körperliche Sache. Es ist ... ach, zum Teufel, ich weiß es einfach nicht. Ich komme mir wie ein Narr vor, wenn ich hier stehe und mit Ihnen darüber rede. Sie wissen doch selbst, was für ein hinreißendes Wesen Ihre Schwester ist.«

Sie, Allison, sollte hinreißend sein? Oder hatte er etwa herausgefunden, daß sie und seine ›Ann‹ ein und dieselbe Person waren und machte sich jetzt einen Spaß mit ihr? »Ann hat mir erzählt, daß sie Sie kennengelernt hat. Sie meinte auch, daß sie einen Narren aus sich gemacht hätte«

Spencer lachte und setzte sich wieder auf den Hocker. »Ja, so könnte man es nennen«, antwortete er. »Unsere erste Begegnung war recht ungewöhnlich.«

Allison nahm sich eine Papierserviette und rieb über die Kaffeeflecken auf ihrem Kittel. »Eins verstehe ich noch nicht so recht«, sagte sie, ohne Spencer dabei anzusehen. »Wenn sie sich wirklich so linkisch angestellt hat, wie sie es mir beschrieben hat, wie kann sich dann ein so weltgewandter Mann, wie Sie es sind, von ihr angezogen fühlen?«

Spencer zog eine Augenbraue hoch. »Hat sie behauptet, daß ich das bin? Hat sie noch mehr über mich erzählt?«

»Einiges«, wich Allison aus. »Aber Sie werden sicher verstehen, daß ich nicht über das sprechen möchte, was Ann mir im Vertrauen gesagt hat.«

Er seufzte. »Nun ja, das muß ich wohl respektieren. Aber um auf Ihre Frage zu antworten: Zu allererst hat Ann mich angezogen, weil sie so hübsch und sexy ist.« Er lächelte. »Und nach ihrem unglücklichen Sturz war sie so tapfer und hat sich nichts anmerken lassen. Andere Frauen wären zu Tränen gedemütigt gewesen, aber sie hat sich nicht unterkriegen lassen und sich unheimlich darum bemüht, daß der Abend für Davis ein Erfolg wurde. Und da habe ich mir gedacht, eine Frau, die so reagiert, muß ich unbedingt näher kennenlernen.«

Allison war zwar von seiner Bemerkung geschmeichelt, aber sie versuchte verzweifelt, ihm den Wind aus den Segeln zu nehmen. »Sie haben doch gerade selbst zugegeben, daß Ann sich angestrengt hat, Davis die Freude an diesem Abend nicht zu zerstören. Ist das nicht ein Zeichen dafür, daß sie ihn liebt?«

Spencer ließ plötzlich die Schultern hängen, und Allison schnürte es fast das Herz ab. »Trotzdem – sie tut nur so, als würde sie ihn lieben«, beharrte er auf seiner Meinung. »Obwohl ich glaube, daß sie ihn sehr gern hat, aber mehr wie einen Freund.«

»Ann liebt ihn als Mann«, erklärte Allison fest.

Spencer sah sie eindringlich an. »Aber warum zuckt sie dann vor seinen Umarmungen zurück?«

»Das tut sie nicht.«

»«Das tut sie doch! Wenn Sie die beiden das nächste Mal zusammensehen, Allison, dann passen Sie ganz genau auf. Es scheint ihr selbst ganz unbewußt zu sein. Anns Körper reagiert nicht so, wie es normalerweise der Fall ist, wenn zwei Menschen zusammen schlafen. Das ist doch seltsam, oder? Sie gibt vor, ihn zu lieben, sie gibt vor, daß ihr das Haus gefällt, das Davis ausgesucht hat – warum?«

»Ann gefällt das Haus«, antwortete Allison. »Das hat sie mir selbst erzählt.«

»Dann hat sie Sie angelogen und auch sich selbst. Wenn Sie dabeigewesen wären, wüßten Sie, was ich meine.«

Allison verschränkte nervös ihre Finger. Jetzt hatte sie noch einmal die Chance, Spencer davon zu überzeugen, daß Ann ihren Verlobten wirklich liebte, aber Spencer entkräftete jedes ihrer Argumente. Schließlich hatte er ja auch in den letzten Tagen sie selbst und nicht Ann beobachtet – und sie wußte selbst am besten, wie recht er hatte – zumindest was sie, Allison, betraf.

»Nun ja«, meinte Allison schließlich. »Das Ganze ist zwar ein bißchen albern, aber ich will es Ihnen erklären. Ann benimmt sich so, weil sie möchte, daß Davis sich bestätigt fühlt.«

Spencer starrte sie ungläubig an. »Damit er sich bestätigt fühlt?« wiederholte er. »Sie meinen, sie spielt absichtlich das süße kleine Weibchen, das einen starken Mann braucht, weil es allein nichts entscheiden kann?«

Allison zuckte mit den Schultern. »Ja, so ähnlich.«

Spencer schlug sich mit der Hand vor die Stirn. »Ich kann es einfach nicht glauben. Ann hat das doch wirklich nicht nötig! Meinen Sie im Ernst, daß sie sich entschließt, ihr ganzes Leben in einem Haus zu verbringen, das sie gräßlich findet, nur damit Davis' Selbstbewußtsein auch ja keinen Kratzer bekommt?«

»Das ist doch wohl Anns Problem, oder?« fragte Allison. »Nicht Ihres, und auch nicht meins.«

»Aber ich habe es zu meinem gemacht!« Das hatte er fast geschrien. »Ich finde diese Art von Heuchelei abscheulich, Sie nicht auch?«

Allison blickte ihn an. Wenn sie ehrlich war, konnte sie nur zustimmen. »Ja, das finde ich auch«, sagte sie.

»Und ich kann mir beim besten Willen nicht vorstellen, daß Ann Spaß daran hat«, fuhr Spencer fort. »Wahrscheinlich hat sie sich irgendwie in diese dumme Situation hineinmanövriert und weiß jetzt nicht mehr, wie sie wieder herauskommen soll.«

»Haben Sie schon einmal darüber nachgedacht, daß ihr diese Situation möglicherweise doch gefällt?«

»Vielleicht hat sie ihr ja auch gefallen – jedenfalls bis vor ein paar Tagen.«

»Bis Ann *Sie* getroffen hat?« fragte Allison spitz.

»Ja, genau, auch wenn das schrecklich eingebildet klingt«, antwortete Spencer. »Ich glaube, inzwischen hat sie herausgefunden, daß sie es nicht nötig hat, eine so unwürdige Haltung in der Beziehung zu einem Mann einzunehmen.«

»Sie finden nicht, daß es ebenfalls unwürdig ist, wenn Sie sie einfach in Ihr Bett zerren wollen?«

Spencer lachte verlegen. »Okay, das war ein Punkt für Sie. Aber«, er hob die Arme hoch, »ich weiß, daß sie genauso gern mit mir schlafen möchte wie ich mit ihr.«

Allison wurde es abwechselnd heiß und kalt. »Und wie kommen Sie auf diese Idee?« wollte sie wissen.

»Es ist die Art, wie sie meinem Körper antwortet, jedesmal, wenn ich sie in meinen Armen halte. Meine Güte, Allison, ich werde doch nicht Ihnen, einer Biologin, noch extra erklären müssen, wie körperliche Erregung sich äußert. Ich bin ein Mann, und ich erkenne es, wenn eine Frau mich begehrt.«

Allison hatte das Gefühl, daß ihr ein dicker Kloß im Hals steckte, und sie mußte sich erst einmal räuspern, bevor sie wieder reden konnte. »Nein, Sie brauchen mir das nicht zu erklären, Spencer.« Sie nahm ihre Kaffeetasse in die Hand und betrachtete sie, als sei sie das Interessanteste auf der ganzen Welt. »Und falls Ann doch ihre Verlobung mit Davis auflösen sollte und Sie mit ihr ... mit ihr ... nun ja, was wollen Sie dann tun?«

»Sie meinen, wenn Ann und ich zusammen geschlafen haben? Wie's dann weitergeht?« Spencer lächelte Allison an und genoß es, daß sie rot geworden war. Es erinnerte ihn so sehr an Ann. »Um ehrlich zu sein, Allison, ich weiß es nicht«, gab er dann zu. »Ich möchte keine Versprechungen machen, die ich vielleicht nicht halten kann, aber ich glaube auch nicht, daß es mit Ann nur eine flüchtige Affäre wäre. Ann fasziniert mich, und ich glaube, daß ich sehr viel Zeit brauchte, um alles über sie herauszufinden, was ich von ihr wissen möchte.« Er seufzte. »War Ihnen das ehrlich genug?«

»Ich weiß Ihre Aufrichtigkeit zu schätzen, Spencer«,

antwortete Allison verstimmt und starrte auf ihre Zehenspitzen. »Als Anns Schwester natürlich« fügte sie schnell hinzu. In den letzten paar Sekunden hatte sie fast vergessen, daß sie ja über Ann sprachen, nicht über sie selbst. Aber nun hatte sie sich wieder gefangen. »Aber Sie müssen noch etwas anderes bedenken«, fuhr sie fort. »Können Sie wirklich von Ann verlangen, daß sie die Sicherheit einer Ehe aufgibt, nur um ein höchst unsicheres Verhältnis mit Ihnen einzugehen?«

»Ich würde Ann nie verletzen!«

»O doch, das würden Sie. Spätestens dann, wenn Sie auf und davon segeln und sie mit leeren Händen dasteht und sich daran erinnert, was sie mit Davis hätte haben können.«

»Aber dann würde sie wenigstens nicht in einer Ehe mit einem Mann, den sie nicht liebt, gefangen sein«, widersprach Spencer.

»Sie liebt Davis, das haben Sie selbst zugegeben.« Allison holte tief Luft. »Soll ich Ihnen sagen, wie ich die ganze Sache sehe?«

Er nickte.

»Ann hat noch nie einen Mann wie Sie getroffen. Ich glaube schon, daß sie von Ihnen überwältigt ist, aber das wird sich wieder legen.« Allison befeuchtete ihre trockenen Lippen mit der Zunge. »Und ich schwöre Ihnen, daß Ann nie ihr Glück mit Davis für eine vorübergehende Affäre mit Ihnen opfern würde.«

Spencer griff nach ihren Hände. »Sie sind eine sehr vernünftige junge Frau, Allison«, stellte er fest.

Vernünftig. Ja, das war sie. Deshalb trug sie auch so vernünftige Kleidung und vernünftige Schuhe und eine vernünftige Frisur. Sie konnte sich vernünftig über eine Menge Themen unterhalten. Sie hatte einen vernünftigen Kopf auf ihren Schultern. Aber ohne die verführerische Ausstrahlung ihrer Schwester war sie eben nichts anderes als das: vernünftig.

Doch daran, wie ihr Magen Purzelbäume schlug und ihre Hände zitterten, wenn sie Spencer nur ansah, war nichts Vernünftiges. Jede Vernunft fehlte ihr, als sie in dem Blick seiner blauen Augen fast zu ertrinken schien. Mit seiner weichen, einschmeichelnden Stimme hätte er ihr befehlen können, bis ans Ende der Welt zu gehen und dann ins Nichts zu springen, und sie hätte es getan. War das vielleicht vernünftig?

Aber Spencer sah nur die vernünftige Allison, er sah nicht die leidenschaftliche Frau dahinter, die vor Sehnsucht nach ihm fast verging und die auch ihn ihm eine solche Leidenschaft erregt hatte. Es wunderte Allison, wie sehr dieser Gedanke sie schmerzte.

»Bitte, seien Sie jetzt ganz ehrlich zu mir«, bat Spencer. »Nach all dem, was ich Ihnen erzählt habe, glauben Sie da immer noch, daß ich es mit Ann nicht ernst meine? Glauben Sie, ich würde meine Freundschaft mit Davis wegen einer Affäre aufs Spiel setzen, die mir im Grunde nichts bedeutet? Wahrscheinlich trauen Sie mir immer noch nicht über den Weg. Okay, ich habe bestimmt nicht wie ein Mönch gelebt, aber ich bin nicht der Typ, der rücksichtslos die Gefühle anderer Menschen zerstört und dann völlig ungerührt wieder davonzieht.«

Während er sprach, hatte er sanft mit den Daumen über Allisons Handrücken gestrichen. Dieser Mann strömt soviel Charme aus und merkt es nicht einmal, dachte Allison, verärgert, daß sie so empfänglich dafür war.

»Glauben Sie wirklich ganz ehrlich, daß Ann nur Davis liebt?« fuhr er fort.

»Ja«, versicherte sie ihm. »Ich weiß, daß Ann Davis liebt.«

Er seufzte, gab ihre Hände frei und machte einen Schritt zurück. Eine Zeitlang blickte er nur durch die breiten Fenster nach draußen.

»Tut mir leid, Allison«, sagte Spencer dann schließlich.

»Ich weiß, daß Sie Ann wahrscheinlich näher stehen als sonst jemand auf der Welt, dennoch glaube ich nicht, daß Sie recht haben. Sie müßten wahrscheinlich selbst ein Mann sein, sie in den Armen gehalten und sie geküßt haben, um zu verstehen, was ich meine. Ich vertraue meinem Instinkt. Er hat mich nie betrogen, und er tut es auch jetzt nicht.«

Er lächelte sie an. »Auf Wiedersehen, Allison. Ich bin sicher, wir werden uns noch einmal treffen. Und es wäre mir sehr lieb, wenn Sie diesen Besuch Ann gegenüber nicht erwähnten.«

Spencer wandte sich um und ging zur Tür, aber Allison folgte ihm. »Was wollen Sie jetzt tun, Spencer?« fragte sie.

»Ich weiß es nicht«, antwortete er und blieb stehen. »Ich hasse solche Versteckspiele. Ich finde es nur fair, wenn ich meine Karten offen auf den Tisch lege.« Als er merkte, wie ängstlich sie ihn anblickte, lächelte er ihr beruhigend zu und fügte hinzu: »Machen Sie sich keine Sorgen, Allison. Es wird sich schon alles zum Besten wenden.«

Und dann ging er und ließ Allison zurück, die weder ein noch aus wußte.

Spencer war verwirrt, als er das Gebäude verließ und zu seinem Auto zurückging. Ein solches Gefühl war ihm fremd, und er wußte nicht, wie er damit fertig werden sollte. Er stieg in seinen Wagen ein, kurbelte das Fenster herunter und lehnte sich zurück, um nachzudenken.

Er hatte Anns Zwillingsschwester in der Hoffnung aufgesucht, daß sie ihm einen Tip geben könnte, wie er Ann für sich gewinnen konnte. Statt dessen schien Allison unerschütterlich der Meinung zu sein, daß Ann Davis liebte.

Er war enttäuscht. Er war ärgerlich. Und er war unsicher.

Dieses schwindende Selbstgefühl irritierte ihn mehr als alles andere. Bis dahin hatte er nie Probleme mit Frauen gehabt. Wenn er eine getroffen hatte, die ihm gefiel, dann hatte er sich um sie bemüht. Oder wenn die Schwierigkeiten zu groß wurden oder das Risiko nicht dem Erfolg zu entsprechen schien, dann hatte er seinen Hut genommen und war gegangen, ohne sich noch einmal umzudrehen.

Aber dies hier war anders. Wenn er Ann nicht bekommen konnte, dann würde er diesen Verlust lange Zeit nicht überwinden, dessen war er sich ebenso sicher wie der Tatsache, daß Ann ihn genauso begehrte wie er sie, egal, wie oft ihm auch Allison das Gegenteil versichern mochte.

Der Zwiespalt, in den ihn sein Verlangen nach Ann

und seine Schuldgefühle trieben, machte Spencer verrückt. Falls sie Davis wirklich liebte, welche andere Wahl blieb ihm dann schon, als sie aufzugeben? Aber wenn sie sich von ihm, Spencer, genauso angezogen fühlte wie er sich von ihr, dann konnten sie gar nicht vermeiden, Davis zu verletzen. Es mußte doch irgendeine Möglichkeit geben, aus diesem Dilemma herauszukommen! Und es war besser, Davis alles jetzt zu erklären, als ihn noch weiter zu betrügen.

Waren sie nicht erwachsene Menschen? Konnten sie sich nicht wie vernünftige Leute zusammensetzen und ihre Probleme lösen?

Spencer erkannte in diesem Augenblick, daß dies die einzige Möglichkeit war.

Er stieg wieder aus seinem Wagen, ging zur nächsten Telefonzelle und suchte sich Davis' Nummer heraus.

»Mr. Lundstrum bitte. Hier ist Spencer Raft«, sagte er. »Ja, ich warte.« Nervös dachte er daran, wie süß Anns Lippen sich auf seinen anfühlten. »Hallo, Davis? Was hältst du davon, wenn wir beide uns heute nachmittag auf einen Drink in der Stadt treffen? Ja, ich weiß, daß du mit Ann verabredet bist. Aber ich muß unbedingt noch vorher mit dir reden, sobald du mit der Arbeit fertig bist. Es dauert auch nicht lange. Davis, es ist sehr wichtig ... Um fünf Uhr? Gut. Dann gib mir noch mal deine Adresse. Also, bis dann.«

Spencer blieb noch eine Weile in der Telefonzelle stehen. Dann machte er entschlossen die Tür auf und ging zurück zu seinem Wagen.

In Anns Wohnung angekommen, beeilte Allison sich, wieder in die Rolle ihrer Schwester zu schlüpfen. Doch dann rief Davis an, daß er erst später zum Essen kommen würde, und sie konnte sich Zeit lassen.

Da sie in der Mittagspause nicht dazu gekommen war, Ann in der Klinik zu besuchen, beschloß sie, ihre Schwester jetzt wenigstens anzurufen. Ann erzählte ihr, daß alles gut verlaufen war und daß der Arzt ihr am nächsten Tag die Verbände abnehmen wollte.

»Allison«, sagte Ann und kicherte dabei, »du solltest mich mal sehen! Mein neuer Busen ist einfach umwerfend!«

»Herzlichen Glückwunsch«, bemerkte Allison trocken. »Bedeutet das, daß ich ab morgen wieder ich selbst sein kann?«

»Ja. Morgen nachmittag werde ich aus der Klinik entlassen, und morgen abend erfolgt die offizielle Enthüllung.«

Allison seufzte erleichtert. »Ist sonst noch irgend etwas?« wollte sie wissen.

»Nein«, antwortete Ann. »Gib Davis nur einen Kuß von mir!«

»Sehr komisch!«

Auch als Ann den Hörer aufgelegt hatte, fühlte sie sich immer noch unbehaglich. Noch hatte sie vierundzwanzig Stunden vor sich, in denen sie weiter Theater spielen mußte, und sie konnte die seltsame Vorahnung nicht loswerden, die sie seit Spencers Besuch in ihrem Labor gepackt hatte. In vierundzwanzig Stunden konnte noch eine Menge schiefgehen.

Es wurde neun Uhr, und immer noch war Davis nicht aufgetaucht. Unruhig wanderte Allison im

Wohnzimmer auf und ab, bis sie Davis endlich die Auffahrt heraufkommen sah.

Doch ihre Erleichterung verschwand in dem Augenblick, als sie die Tür öffnete. Davis mußte stockbetrunken sein. Er konnte kaum einen Fuß vor den anderen setzen, und die ganze Zeit brabbelte er unverständliches Zeug vor sich hin.

Als er sie in der Tür stehen sah, verzog er weinerlich das Gesicht und schwankte dann auf sie zu. Er ließ sich so schwer gegen Allison fallen, daß er sie fast zu Boden riß. Nur mit Mühe gelang es ihm, seine Arme um sie zu schlingen, dann sank er an ihrer Brust zusammen.

»Annie, Annie«, jammerte er, »wie konntest du mir nur so etwas antun? Wie konntest du nur unsere Liebe für einen solchen Casanova wie Spencer wegwerfen?«

5

»O Gott!« stöhnte Allison. Was mochte nur passiert sein? Am besten, sie beförderte Davis erst einmal in die Wohnung, bevor sie beide noch zum Gesprächsthema des Tages für die ewig neugierigen Nachbarn wurden.

»Komm, Davis«, forderte sie ihn auf. Lange konnte sie sein Gewicht sowieso nicht mehr halten. Ihr war natürlich klar, daß irgend etwas gewaltig schiefgelaufen sein mußte, aber vielleicht gab es doch noch eine Möglichkeit, alles zu retten. Sie brauchte nur noch bis morgen auszuhalten, und weil sie dafür verantwortlich war, daß die Lage sich so zugespitzt hatte, wollte sie wenigstens alles daran setzen, die Situation zu retten, bevor sie ihrer Schwester unwiderruflichen Schaden zufügte.

Irgendwie schaffte sie es, Davis ins Wohnzimmer zu bugsieren, und erschöpft ließ sie sich zusammen mit ihm auf die Couch fallen.

»Davis, jetzt hör mir mal zu«, fing Allison an und versuchte vergeblich, seinen Kopf von ihrer Brust wegzuschieben. Ihm schien es da zu gefallen.

»Annie, ich liebe dich«, murmelte er undeutlich. »Wie konntest du mir das antun? Uns beiden? Ich dachte, du liebst mich!«

»Das tue ich doch auch!« Endlich hatte sie es geschafft, seinen Kopf zu heben. Sie strich ihm das verschwitzte Haar aus der Stirn und flüsterte ihm zu: »Ich liebe dich von ganzem Herzen, Darling.« Sie küßte ihn sanft auf die Lippen und rieb dann ihre Nase gegen seine Wange. »Und jetzt erzähl mir schon, was los ist.«

Davis versuchte, sich aufzusetzen. Als Allison ihn so sah, hatte sie schreckliches Mitleid. Er wirkte so mitgenommen, daß sie mit Sicherheit wußte, wie sehr er ihre Schwester liebte.

»Hast du mich wirklich lieb? Und willst du mich immer noch heiraten?«

»Natürlich.«

Davis schüttelte den Kopf und blinzelte. »Aber er hat doch gesagt . . .«

»Wer hat was gesagt?«

»Na Spencer!«

Wütend preßte Allison die Lippen zusammen. Dieser unmögliche Mensch! »Und was hat er dir erzählt?«

»Wir haben uns auf einen Drink getroffen«, fing Davis an. »Ich bin ganz schön blau, was, Annie?« Dabei sackte er wieder ein Stückchen weg. Allison strich ihm über die Wange. »Halb so wild, Davis«, antwortete sie. »Rede weiter. Was hat er noch gesagt?« Davis' Lippen begannen wieder zu zittern. »Daß ihr beide . . . du und er . . ., daß ihr euch mögt.

Klar, kann ich mir vorstellen! Spencer sieht doch so gut aus. Schon früher waren immer alle Mädchen verrückt nach ihm.«

»Siehst du, es steckt also nichts dahinter«, tröstete Allison ihn. »Ich war einfach nur nett zu ihm, aber er ist so eingebildet, daß er gleich mehr dahinter vermutet.«

»Aber er hat auch gesagt, daß du ihn geküßt hast, Annie«, meinte Davis mit schwerer Zunge. »Hast du, Annie?«

Spencer Raft hat kein Gewissen und kein Herz, dachte Allison böse. Wie konnte er seinen besten Freund nur so verletzen? Doch sie wollte Davis in diesem Punkt nicht anlügen, und so gab sie zu: »Ja. Aber es hat wirklich nichts bedeutet.«

»Er hat mir aber erzählt, daß du viel leidenschaftlicher reagiert hast als alle Frauen, die er je geküßt hat. Und daß er ganz verrückt darauf ist, mit dir ins Bett zu gehen.« Davis bedeckte sein Gesicht mit den Händen, dann schüttelte er den Kopf. »Ich konnte es einfach nicht glauben. Ich habe immer weiter getrunken, nachdem er gegangen war. Aber dann mußte ich dich einfach sehen. Ich will aus deinem eigenen Mund hören, daß du nicht mehr mich, sondern Spencer liebst.«

Allison rutschte unruhig auf dem Sofa hin und her. Hitze erfüllte ihren ganzen Körper. Spencer hielt sie für die leidenschaftlichste Frau, die er je geküßt hatte? Er begehrte sie mehr als jede andere? Nur zu gerne hätte sie weiter darüber nachgedacht, aber Davis war so unglücklich, daß sie sich mit aller Kraft darauf konzentrieren mußte, ihn aus der Misere zu retten, in die sie ihn durch ihr dummes Verhalten hineinmanövriert hatte.

Sie umfaßte Davis' Schultern und wartete, bis er die Hände wieder von seinem Gesicht nahm und sie mit treuen Augen anblickte. »Davis, Spencer ist charmant und attraktiv, und ich habe ihn geküßt, aber es hat mir nichts bedeutet. Dieser Mann ist nur eine schöne Hülle, es steckt nichts dahinter. Ich könnte nie einen anderen lieben als dich, Davis. Das mit Spencer war ein Ausrutscher, und ich bitte dich, vergib mir das.«

Sobald das Spiel mit den vertauschten Rollen aufgedeckt war, würde Ann sowieso frei von aller Schuld dastehen. »Ich will dich heiraten und mit dir in dem Haus leben, das du für uns beide ausgesucht hast.«

»Warum lügen Sie ihn so an, Ann?«

Davis und Allison zuckten beide zusammen. Seine Stimme klang weich und sanft, aber sie hatte die Wirkung eines Kanonenschlags. Allison sprang auf, und Davis, seines Halts beraubt, kippte zur Seite weg. Doch mit einem letzten Rest an Würde versuchte er, sich wieder aufzurappeln, und schaffte es, auf die Füße zu kommen und sich neben Allison zu stellen. »Verschwinden Sie«, sagte Allison kühl. »Und zwar auf der Stelle. Sie haben alles getan, um mein und Davis' Leben zu ruinieren.«

Spencer stand in der Tür, die Allison nicht richtig geschlossen hatte, als sie Davis ins Wohnzimmer geschleppt hatte. Er wirkte groß und bedrohlich, nur der Strauß Rosen in seiner Hand paßte nicht zu diesem Bild. Mißbilligend sah er Allison an, die sich demonstrativ bei Davis eingehängt hatte.

»Ich werde nicht gehen, bevor wir nicht alles endgültig geklärt haben.«

»Es ist alles geklärt«, behauptete Allison fest, während sie sich bemühte, Davis davor zu bewahren, wieder einfach wegzusacken. »Ich liebe Davis, ich werde ihn heiraten, und ich hoffe, daß Sie sich nie wieder in unser Leben einmischen werden. Wie konnten Sie Davis nur so verletzen?«

»Ich habe ihn verletzt?« fuhr Spencer sie an. »Und was haben Sie mit ihm getan? War es nicht barmherziger, daß ich ihm jetzt von Mann zu Mann die Wahrheit gesagt habe? Ist das nicht ehrlicher, als so zu tun, als hätten wir uns gestern und vorgestern hier in der Wohnung nie geküßt?«

Davis sah Allison an. »Er hat dich sogar hier geküßt? Schon am ersten Abend?« jammerte er. Er stolperte rückwärts auf die Couch und schlug wieder die Hände vors Gesicht.

Allison kniete sich vor ihn hin. »Bitte, Davis, sei nicht traurig! Ich kann es einfach nicht ertragen, dich so zu sehen. Bitte!«

Spencer durchquerte den Raum, bis er hinter Allison stand. Er legte ihr eine Hand auf die Schulter. »Ann, lassen Sie ihn. Es muß aus ihm heraus. Auch wenn es ihm jetzt weh tut, auf lange Sicht ist es besser, daß er alles erfahren hat.« Allison sprang auf. »Halten Sie doch endlich den Mund! Sie sind ein ganz gemeiner, herzloser Mensch! Macht es Ihnen viel Spaß, anderen Kummer zu bereiten?«

Spencer schob trotzig sein Kinn vor. »Vielleicht hat der Kummer damit angefangen, daß ich überhaupt auf der Bildfläche erschienen bin. Machen Sie sich doch nichts vor! Sie wissen genau, daß Sie sich zwischen uns beiden entscheiden müssen!«

»O Annie, Annie«, redete Davis dazwischen. »Wie konntest du nur? Spencer ist nichts für dich.«

Allison spürte, wie sich ihr Körper versteifte. Sie preßte die Lippen fest zusammen und ballte die Hände zu Fäusten, während sie sich mit letzter Kraft bemühte, sich zu beherrschen. Sie wurde nur selten richtig wütend, aber wenn ihr Temperament einmal mit ihr durchging, dann wurde es fürchterlich.

Aber es war schon zu spät. Sie explodierte.

Blitzschnell wirbelte sie herum und stürmte auf Davis zu, der sich gerade wieder aufgerappelt hatte und nun erneut auf das Sofa zurückfiel. Sie packte ihn an seinem Hemd und riß ihn hoch, ungeachtet der Tatsache, daß er über zwanzig Kilo mehr wog als sie. Bevor er überhaupt begriff, was los war, hatte sie ihn schon links und rechts ins Gesicht geschlagen.

»Verdammt, werde endlich nüchtern!« schrie sie ihn an. »Und hör um Gottes willen mit deinem elenden Gejammere auf!«

Dann ging sie wie eine Furie auf den völlig verdutzten Spencer los. »Sie!« Sie tippte ihm mit dem Zeigefinger auf den Bauch. »Sie kommen jetzt mit uns!« Und schon schnappte sie sich ihre Brieftasche und die Autoschlüssel, die auf einem kleinen Tischchen lagen.

»Wohin?«

»Warten Sie's ab!« Und dann schob Allison ihn auf die Tür zu, kehrte zurück und zog den genauso verdutzten Davis hinter sich her. »Steigen Sie in meinen Wagen«, fuhr sie Spencer an, während sie die Wohnungstür hinter sich abschloß. Zum Teufel mit den Nachbarn, dachte sie. Wenn Anns Ruf jetzt endgültig ruiniert ist, dann ist sie selbst daran schuld.

Sie verfrachtete Davis auf den Beifahrersitz und sah Spencer so drohend an, daß er sich ohne ein weiteres Wort auf den Rücksitz setzte. Der Wagen machte einen Satz nach vorn, als Allison losfuhr, aber das war ihr auch egal. Sie sah stur vor sich hin, während sie zur Klinik raste. Ihre beiden Passagiere waren klug genug, sie nicht anzusprechen.

Die Klinik war nicht weit von Anns Wohnung entfernt, und sie schafften es in zehn Minuten. Normalerweise brauchte man fünf Minuten länger, aber die hatte Allison eingespart, indem sie sich weder um Geschwindigkeitsbegrenzungen noch um ihre Sicherheit scherte.

»Was machen wir denn hier?« murmelte Davis vor sich hin, als sie anhielt.

»Steig aus«, fuhr Allison ihn an. »Wir gehen hinein.«

Als Davis sich endlich nach draußen gekämpft hatte, zerrte Allison ihn hinter sich her zum Eingang. Die verschlossene Tür stachelte ihre Wut an.

Allison hämmerte mit beiden Fäusten dagegen. »Aufmachen!« rief sie.

»Hm«, fing Spencer an, aber er wurde einfach ignoriert.

Eine völlig verstörte Schwester hastete herbei und öffnete die Tür nur einen Spaltbreit. »Tut mir leid«, meinte sie. »Die Besuchszeit ist schon vorbei. Unsere Patienten schlafen jetzt. Kommen Sie morgen . . .«

»Ich komme jetzt hinein«, sagte Allison und schob im gleichen Augenblick die Schwester beiseite. »Und die beiden Gentlemen kommen mit.«

»Entschuldigen Sie«, meinte Spencer höflich, als er

an der Schwester vorbeiging, die sie mit offenem Mund anstarrte. »Aber sie ist ein bißchen aufgeregt«, fügte er hinzu, als ob das alles erklären würde.

Allison marschierte geradewegs zu Anns Zimmer und stieß die Tür auf. Sie machte das Licht an und gab Davis einen Stoß, daß er ins Zimmer taumelte, und genau in diesem Moment wurde Ann wach und richtete sich auf. Sie blinzelte in das helle Licht.

»Was ist denn hier los?« fragte Ann verschlafen. »Davis, was machst du hier? Und du, Allison?«

»Allison?« sagten beide Männer wie aus einem Mund.

Davis konzentrierte den Blick seiner blutunterlaufenden Augen auf den Zwilling in dem Klinikbett, dann erkannte er Anns Nachthemd wieder.

»Annie?« meinte er, und seine Stimme klang ziemlich hoch.

Ann sah ihre Schwester anklagend an. »Allison, ich könnte dich umbringen! Ich muß doch schrecklich aussehen. Du hast mir versprochen, daß du . . .«

»Halt den Mund!« unterbrach Allison sie grob, und zum ersten Mal in ihrem Leben wagte Ann es nicht, ihrer Schwester zu widersprechen. Sie hatte Allison noch nie so zornig erlebt, noch nie gesehen, daß ihre grünen Augen wütend blitzten.

Allison zeigte auf das Krankenbett. »Davis, das hier ist Ann. Sie hat sich den Busen vergrößern lassen. Und weil es eine Überraschung für dich werden sollte, hat sie mich gebeten, ein paar Tage lang ihre Rolle zu spielen.«

Davis blickte Ann verdutzt an. »Den Busen vergrößern lassen?« wiederholte er. »Du meinst . . .«

»Ja. Freust du dich?« fragte Ann leise.

Davis versuchte verzweifelt, einen klaren Kopf zu bekommen. »Natürlich, aber . . .«

»Ich kann's kaum abwarten, bis du ihn siehst . . .«

Aber Allison ließ auch ihre Schwester nicht ausreden. »Du kannst ihm zeigen, was und wieviel du willst, aber warte damit, bis ihr beide allein seid. Es sei denn, du möchtest, daß Spencer . . .«

Allison trat einen Schritt zur Seite, damit ihre Schwester Spencer besser erkennen konnte. »Ann, das ist Spencer Raft, Davis' bester Freund«, stellte sie vor. Dann nahm sie ihm die Rosen aus der Hand und warf sie auf Anns Bett. »Die sind für dich. Ach ja, und schlafen will er auch mit dir.«

»Was?« rief Ann und setzte sich aufrecht hin. Mit offenem Mund stierte Davis auf ihren Busen, der sichtbar größer geworden war.

»Weil er dich ein paarmal geküßt hat, glaubt er nämlich, du hättest nicht Besseres zu tun, als auf der Stelle deine Verlobung mit Davis zu lösen«, fuhr Allison fort. »Übrigens, hier hast du deinen Ring wieder.«

»Aber ich habe doch nie . . .« fing Ann an.

»Hallo, Ann!« sagte Spencer in diesem Augenblick.

In einem Anfall von mädchenhafter Keuschheit zog sie das Laken höher über ihre Brust. »Hallo! Nett, Sie kennenzulernen.«

»Ja, mich freut's auch.«

Allison seufzte. »Seid ihr jetzt bald fertig? Ich möchte nämlich die ganze Geschichte loswerden, damit ich dann endlich nach Hause kann.« Sie wandte sich Spencer zu. »Ich bin diejenige, die auf dem Bürgersteig hingefallen ist, die Ihr Taschentuch mit Blut vollgeschmiert und aus zwei Gläsern gleichzeitig getrunken hat. Bei dem Sturz habe ich nämlich meine Kontaktlinsen verloren, und danach war ich so gut wie blind. Und ich bin auch diejenige, die Sie heute nachmittag im Labor besucht haben und die Ihnen den Kaffee über das Jackett gekippt hat.«

»Du bist hingefallen?« mischte sich Ann ein. »Wann denn? Und wo? Allison, was ist hier überhaupt los?

»Ann, ich versuche ja gerade, alles zu erklären. Spencer begehrt dich, und er glaubt, daß du Davis nicht liebst, weil er von mir auf dich geschlossen hat. Ich habe dir doch gleich gesagt, daß ich eine miserable Schauspielerin bin.«

»Du meinst, ich habe die letzten Tage Allison geküßt?« Davis schien wieder in die Wirklichkeit zurückgefunden zu haben und schaute Allison schuldbewußt an. Plötzlich wurde er über und über rot. »Annie, dabei habe ich doch gedacht . . .«

»Ich weiß doch, mein Schatz«, tröstete Ann ihn. »Das Ganze war ja meine Idee. Komm, Darling, setz dich ein bißchen zu mir. Ich habe dich so vermißt.«

»Ann, hör jetzt lieber mir zu«, forderte Allison ihre Schwester auf. »Herumflüstern könnt ihr beiden nachher immer noch. Also, Spencer ist heute zu Davis gegangen und hat ihm weismachen wollen, daß du Spencer genauso begehrst, wie er dich begehrt. Dann hat Davis sich betrunken, weil er glaubte, du würdest eine Affäre mit diesem schrecklichen Menschen anfangen. Davis ist total fertig mit den Nerven bei mir aufgetaucht, das heißt bei dir, und hat mich angefleht, seine Liebe nicht mit Füßen zu treten. Und dann mußte sich natürlich Spencer wieder einmischen, der sich darüber ärgerte, daß du versucht hast, Davis zu trösten. Und jetzt, Ann, darfst du zwischen den beiden wählen. Viel Spaß!«

Allison holte tief Luft. »So, das war's«, meinte sie dann. »Ich glaube, du bist jetzt auf dem laufenden. Und von dieser Sekunde an habe ich mit dem ganzen Schwindel nicht mehr das Geringste zu tun. Jetzt dürft ihr drei sehen, wie ihr mit dem Chaos fertig werdet.«

Damit drehte sie sich um und marschierte mit hoch erhobenem Kopf aus dem Zimmer.

Allison konnte sich noch so lange zusammenreißen, bis sie in ihrem eigenen Apartment war. Dann ließ sie sich auf ihr Bett fallen und brach in Tränen aus. Erst nach einiger Zeit ließ die Tränenflut wieder nach, und Allison fragte sich plötzlich, warum sie überhaupt geweint hatte. War sie denn nicht froh, daß alles vorbei war?

Sie rollte sich auf den Rücken und ließ ihren Blick durch den Raum schweifen. Sie hatte ihr Apartment immer gemocht, aber nach den paar Tagen in Anns Wohnung hatte sie das Gefühl, daß hier irgend etwas fehlte.

Nirgendwo war ein Hinweis darauf, daß hier ein Mann ein und aus ging. Es war peinlich aufgeräumt und genauso steril wie ihr Labor. In der Spüle stand immer nur eine Tasse, nie zwei.

»Ach, hör endlich auf, dich selbst zu bemitleiden«, sagte Allison laut, als sie aufstand und ins Bad ging, um sich für die Nacht fertig zu machen. Sie hatte beschlossen, sich nur auf ihre Arbeit zu konzentrieren. Sie war nicht wie Ann, die nur an ihr Vergnügen dachte.

Schon damals, während ihrer Collegezeit, war es immer nur Ann gewesen, die auf Parties ging oder zum Tanzen – Allison war zu Hause geblieben und hatte gelernt. Ann hatte sich immer mit einem ganzen Haufen Verehrer umgeben – Allison hatte sich stets von den jungen Männern ferngehalten. Ann war genauso intelligent wie ihre Schwester, aber sie hatte sich für viele Sachen interessiert, während Allison sich ausschließlich auf ihr Studium und später auf ihre Arbeit konzentriert hatte. Oft hatte sie sogar ein wenig verächtlich gedacht, daß Ann ihre geistigen Fähigkeiten verschwendete.

Aber war Ann nicht glücklich? Und was war sie, Allison? Glücklich, nein, das war nicht das richtige Wort – ›resigniert‹, das paßte besser.

Bis vor einigen Tagen war sie noch mit ihrem Leben zufrieden gewesen, aber nun spürte sie eine Unruhe in sich, die sie irritierte.

Allison machte das Licht aus und kletterte in ihr schmales Bett. Sie hatte sich an Anns breiteres Bett gewöhnt, das ganz offensichtlich für zwei Personen gedacht war. Und sie hatte sich auch an hübsche Kleider und an Make-up gewöhnt. Es hatte ihr Spaß gemacht, ihr Haar offen auf den Schultern zu spüren und den Duft von Parfüm verführerisch auf ihrer Haut zu riechen.

Alarmiert stellte Allison fest, daß sie diese weiblichen Attribute vermissen würde, und es beunruhigte sie noch mehr, als sie merkte, wie sehr ihr die Nähe eines Mannes fehlen würde. Sein Duft. Seine Berührung. Seine Küsse.

Wieder standen ihr Tränen in den Augen. Du lieber Himmel, dachte sie, konnte es wirklich sein, daß sie wegen eines Mannes weinte, wegen *dieses* Mannes?

Er hatte sie geküßt, aber dann erinnerte sie sich wieder daran, daß er Ann begehrte, nicht Allison. Er hatte sie noch nicht einmal wiedererkannt, als er sie am Nachmittag im Labor besucht hatte. Er war eben ein Mann, der nur mit den Frauen spielte.

Es wäre besser gewesen, wenn er nie nach Atlanta gekommen wäre. Spencer war nichts für Ann, und er war erst recht nichts für sie, Allison. Es war ein Segen, daß sie ihn nie wiedersehen würde. Aber warum fühlte sie sich dann so elend wie noch nie zuvor?

»Nun komm schon, Rasputin, sei ein braver Junge, Okay, ich bin nicht deine große Liebe, aber es muß eben auch so gehen. Ist das nicht eine feine Sache, hm?«

»Auf jeden Fall hört es sich so an, als wäre es eine feine Sache.«

Allison erstarrte mitten in der Bewegung. Sie stand gebückt da, die Hand immer noch im Kaninchenkäfig. Dann richtete sie sich auf und wandte sich dem Eindringling zu. Spencer stand ganz nah bei ihr – viel zu nah, wenn man sie fragte. »Was machen Sie denn hier?« wollte sie von Spencer wissen.

»Und was machen Sie hier?« fragte er zurück und zeigte auf den Käfig.

Allison tätschelte Rasputin noch einmal und schloß dann den Käfig. Spencer starrte den Handschuh aus Kaninchenfell, den sie trug, neugierig an. Auf einmal zeigte sich Belustigung in seinem Blick.

Es störte Allison maßlos, daß Spencer so selbstsicher und unerschütterlich wirkte, vor allem nach der fürchterlichen Nacht, die sie damit verbracht hatte, sich seinetwegen die Augen aus dem Kopf zu weinen. Trotzig schob sie das Kinn vor. Sie wollte ihn auf keinen Fall merken lassen, in was für einer Verfassung sie war.

»Ich streichle Rasputins Bauch mit diesem Fellhandschuh«, antwortete Allison auf Spencers Frage.

»Und haben Sie einen besonderen Grund dafür?«

»Ich brauche Samen von ihm, und das erregt ihn.«

In Spencers Augen blitzte es amüsiert auf. »Mögen Sie es, ein männliches Wesen zu erregen? Wenn Sie es bei mir mal ausprobieren wollten, bitte – allerdings brauchten Sie bestimmt keinen solchen Handschuh dazu.«

Allison sah ihn mißbilligend an. »Ich will überhaupt nichts mehr mit Ihnen zu tun haben, Mr. Raft«, erklärte sie.

Doch dabei wußte sie genau, daß sie log. Allein seine tiefe männliche Stimme genügte, daß ihre Knie wieder schwach wurden. Doch um nichts in der Welt hätte sie sich das anmerken lassen wollen. Schroff wandte sie sich ab und zog sich den Handschuh aus. »Tut mir leid, Rasputin«, meinte sie, »dann müssen wir es eben noch einmal versuchen.« Sie machte ein paar Schritte, bis sie einen einigermaßen sicheren Abstand zwischen sich und Spencer gelegt hatte.

Spencer grinste sie an. »Aber ich möchte um so mehr mit Ihnen zu tun haben, Allison«, sagte er.

Wut und Verlangen kämpften in Allison miteinander. Es war schlicht und einfach unfair, wie sehr ihr

Körper zum Verräter wurde, sobald Spencer in der Nähe war. »Das ist Ihr Problem, nicht meins«, erwiderte sie kühl. »Solange ich die Rolle meiner Schwester gespielt habe, mußte ich um Davis' willen freundlich zu Ihnen sein. Aber jetzt, wo ich mit meiner Meinung nicht hinter dem Berg zu halten brauche, sage ich Ihnen klipp und klar, daß ich Sie abscheulich finde.«

»Und ich halte Sie für etwas ganz Besonderes.«

Allison wandte ihm den Rücken zu. Sie wollte nicht, daß er sah, daß sie kurz davor stand, in Tränen auszubrechen. »Hören Sie auf, sich über mich lustig zu machen«, antwortete sie böse. Sie hatte zwar gewußt, daß er selbstsüchtig und eingebildet war, aber daß er bewußt grausam war, hätte sie doch nicht gedacht.

»Mich über Sie lustig machen?« Er kam zu ihr und legte ihr die Hände auf die Schultern. Doch als er sie zu sich umdrehen wollte, schüttelte sie seine Hände unwillig ab.

»Ann mag vielleicht etwas Besonderes für Sie sein, aber jetzt bin ich wieder ich, die gute alte Allison. Und einmal in Anns Persönlichkeit zu schlüpfen, hat mir gereicht. Ich hoffe, wenigstens ihr konntet gestern abend darüber lachen.«

Bildete sie es sich nur ein, oder strich er tatsächlich sanft mit seinen Fingern über ihren Nacken?

»Niemand hat gelacht. Wir haben uns gestern abend noch über die ganze Sache unterhalten«, erzählte Spencer. »Und Ann hatte ein schrecklich schlechtes Gewissen. Sie wollte Sie anrufen und sich bei Ihnen entschuldigen.«

»Ich hatte mein Telefon abgestellt«, antwortete Allison. »Ich wollte mit niemanden mehr reden, auch nicht mit Ann.« Sie ging zum Fenster und schaute nach draußen. »Ich hoffe, Ann hat viel Freude an ihrem neuen Busen – nachdem sie mich dafür durch die Hölle geschickt hat!« fügte sie bitter hinzu.

»Hatte sie eigentlich genau den gleichen Busen wie Sie?« wollte Spencer plötzlich wissen.

Allison wandte sich um und sah ihn scharf an. Er stand wieder ganz nah vor ihr – viel zu nahe. Und er betrachtete sie in einer Art und Weise, als hätte er sie schon in seinem Bett gehabt und sei vollkommen mit ihrem Körper vertraut. Gegen ihren Willen antwortete sie: »Ja.«

Sein Blick wanderte zu ihren Brüsten, die er für Allisons Geschmack viel zu lange ansah. Dann schaute er ihr wieder ins Gesicht. »Warum hat sie ihn dann ändern lassen?«

Allison verlor sich regelrecht in seinen blauen Augen. Sie hatte Mühe, wieder in die Wirklichkeit zurückzufinden.

Auf einmal lachte Spencer. »Ann hat den armen Davis damit aufgezogen, daß er Sie geküßt hat. Es war ihm entsetzlich peinlich, daß er Sie als seine Verlobte behandelt hat, und ich fürchte, er wird eine Zeitlang nicht in der Lage sein, Ihnen wieder in die Augen zu sehen.«

Allison ging in paar Schritte durch den Raum und lehnte sich dann gegen einen Labortisch. »Und was haben Sie in der Zeit gemacht, während Davis mit seinem schlechten Gewissen kämpfte und Ann sich darüber amüsiert hat?« fragte sie.

»Ich? Ich war unwahrscheinlich erleichtert, daß ich jetzt nicht die Freundschaft zu Davis zerstören muß, um die Frau zu bekommen, die ich haben möchte.«

Allison schüttelte den Kopf. »Verstehen Sie denn immer noch nicht? Sie können Ann nicht bekommen. Sie müssen gestern abend doch gemerkt haben, daß meine Schwester Davis wahnsinnig liebt.«

»*Sie* verstehen nicht«, erwiderte Spencer. Wieder war er ihr gefolgt, und nun zog er sie nahe an sich heran. »Allison«, fing er an. »Ich bin verrückt nach *Ihnen*, nicht nach Ihrer Schwester. Statt mich darüber zu ärgern, daß Sie die Rollen getauscht haben, habe ich mich darüber gefreut. Jetzt sind wir beide frei und brauchen kein schlechtes Gewissen zu haben, wenn wir das fortsetzen, was wir in der ersten Nacht angefangen haben.«

Allison lehnte sich soweit in seinen Armen zurück, wie sie konnte, und sah ihm ins Gesicht. »Ich hätte Sie für vernünftiger gehalten, Mr. Raft. Haben Sie denn immer noch nicht begriffen? Sehen Sie mich einmal genau an. Sie haben mit Ann getanzt, Sie haben Ann geküßt, und Sie haben Ann berührt. Nicht mich.« Sie breitete ihre Arme aus. »Das hier, das bin ich.«

Mit einem Blick umfaßte er ihr ganzes Äußeres: den Pferdeschwanz, den Bleistift hinter dem Ohr, die Brille, den Kittel, den langweiligen Rock und die häßlichen Schuhe.

»Allison, ich bete Sie an«, sagte er. »Ich liebe es, wenn Sie in Wut geraten, so wie gestern abend. Sie sind faszinierend und sexy. Gestern abend bei Ihnen wäre ich am liebsten auf der Stelle über Sie hergefallen.«

Obwohl Allison fürchtete, daß ihre Knie jeden

Augenblick nachgeben würden, schaffte sie es, sich von Spencer freizumachen und ein Stück zurückzutreten. »Gestern sind Sie hier herein gekommen, haben sich eine halbe Stunde mit mir unterhalten und haben mich nicht als die Frau wiedererkannt, die Sie noch am Tag zuvor in den Armen gehalten hatten.«

»Hätte ich auch nur die leiseste Vermutung gehabt, daß irgend etwas nicht stimmt, so hätte ich Sie sofort erkannt«, antwortete Spencer.

Allison hätte nie geglaubt, daß ein Mann sich so schnell bewegen konnte. Bevor sie noch recht wußte, was geschah, lag sie schon in seinen Armen.

Sein Mund preßte sich heiß auf ihren, und er hielt sie so fest, als wollte er sie nie wieder loslassen. Er verschwendete keine Zeit und zwang ihre Lippen auseinander. Allison konnte einfach nicht anders, als seinen Kuß zu erwidern. Ihre Arme hingen zwar schlaff an ihrem Körper, aber in ihrem Körper war ein Feuer entzündet worden. Spencer rieb seine Hüften aufreizend gegen ihren Körper, wie um ihr auch den letzten Zweifel zu nehmen, daß sie es war, die er begehrte. Allison schmolz in seinen Armen dahin.

Es war nicht einfach, gegen das Verlangen anzukämpfen, das Spencer in ihr ausgelöst hatte, aber sie versuchte es. Sie hatte nie einem Mann soviel Macht über sie gegeben, daß er sie verletzen konnte. Nie hatte sie jemanden so nahe an sich heran gelassen. In all den Jahren hatte sie eine Mauer um sich herum gebaut, aber nun begann Spencer mit jedem Kuß, sie Stein für Stein wieder einzureißen. Wenn sie wehrlos gegen ihn war, würde und konnte er sie verletzen und ihr Leben zerstören.

Schließlich schaffte Allison es, ihn von sich wegzuschieben. Ihr Atem ging schnell, aber sie hoffte, er würde es ihrer Wut zuschreiben und nicht ihrer Leidenschaft.

»Sie vergessen, Spencer, daß Sie mich nur küssen durften, weil ich gegen Davis keinen Aufstand machen wollte. Aber jetzt habe ich ein für alle Male genug von Ihren widerlichen Umarmungen.«

»Widerlich?«

»Ja, widerlich«, bestätigte sie. »Und jetzt gehen Sie endlich. Sie sind hier nicht willkommen. Ich will auch nicht, daß Sie versuchen, mich wiederzusehen.«

Spencer ließ Allison nicht aus den Augen, machte aber einen Schritt zurück. Sie konnte seinem Blick nicht lange standhalten, und sie wußte genausogut wie er, daß das ein Eingeständnis war, daß sie gelogen hatte.

»Sie mögen mich überhaupt nicht, nicht wahr?« sagte er.

»Nein, ich meine, ja. Ich mag Sie nicht.«

»Nicht einmal ein bißchen?«

Allison preßte die Lippen zu einem Strich zusammen, weil er sich über sie lustig machte. »Nein«, antwortete sie.

»Na, das ist aber wirklich zu schade.«

Unwillkürlich fragte sie: »Wieso?«

»Weil ich mich als Freiwilliger bei Ihnen melden wollte.«

»Als Freiwilliger? Wofür denn?«

»Für Ihre Experimente. Ich wollte mich als Vater für Ihr Baby zur Verfügung stellen.«

»Das ist der großartigste Vorschlag, den ich seit langem gehört habe«, ertönte Dr. Hydens Stimme.

6

Allison stand wie erstarrt. Völlig schockiert starrte sie zuerst Dr. Hyden, dann wieder Spencer an.

Dr. Hyden trat vollends ins Labor und ging auf Spencer zu. »Sie haben mir ja noch gar nicht erzählt, daß Sie sich doch entschlossen haben, nach geeigneten Kandidaten Ausschau zu halten«, zog er Allison gutmütig auf.

Sie hatte Mühe, ihm zu antworten. »Ich halte nach niemandem Ausschau, und schon gar nicht nach Kandidaten für eine so haarsträubende Idee!«

»Aber, aber«, meinte ihr Chef. »Wir haben doch noch vor ein paar Tagen darüber gesprochen. Hallo, junger Mann«, fuhr er fort und hielt Spencer die Hand hin. »Ich bin Dirk Hyden.«

»Und ich Spencer Raft«, erklärte Spencer und schüttelte ihm die Hand. »Freut mich, Sie kennenzulernen.«

Es war noch nie passiert, daß Allison in so kurzer Zeit gleich zwei Wutanfälle bekommen hatte, aber jetzt war es gleich wieder soweit. »Würden die beiden Herren vielleicht ihre Bekanntschaft woanders fortsetzen?« sagte sie. »Ich habe nämlich noch zu arbeiten.« Sie drehte sich um und wollte zu den Käfigen gehen, aber Spencer erwischte einen Zipfel ihres Kittels und hielt sie fest.

»Allison«, meinte er tadelnd und schüttelte den Kopf. »Sie können uns doch nicht einfach rausschmeißen, wenn wir gerade ernsthaft ein wichtiges wissenschaftliches Experiment diskutieren! Romeo kann warten.«

»Rasputin!« fuhr sie ihn an und versuchte vergeblich, sich von ihm freizumachen. »Ich habe nicht die geringste Ahnung, welches meiner Experimente ausgerechnet Sie betreffen könnte.«

»Nun tun Sie doch nicht so, als wüßten Sie von nichts!« erwiderte Spencer. »Ann hat mir gestern abend alles erzählt. Daß Sie Ihre Forschungsergebnisse an sich selbst überprüfen wollten, wenn Sie nur den geeigneten Partner dafür fänden.«

»Ann spinnt«, erklärte Allison kurz und deutlich. Ihre Schwester mußte über Nacht schwachsinnig geworden sein oder noch völlig unter Medikamenten gestanden haben, daß sie diese dumme Bemerkung am Telefon ernst genommen hatte. »Ich habe lediglich im Scherz gesagt, daß es ganz lustig wäre, wenn man am eigenen Baby die Hypothesen nachprüfen könnte. Das war alles.«

»Und warum wollen Sie nicht Ernst daraus machen, wenn sich Ihnen schon ein Mann als Vater anbietet?«

»Ja, warum nicht?« wiederholte Dr. Hyden.

»Warum nicht?« Allison mußte erst einmal tief Luft

holen. Waren denn plötzlich alle um sie herum verrückt geworden?

»Ich sage es noch einmal, ich finde, das ist eine ausgezeichnete Idee«, meinte Dr. Hyden. »Ich habe Ihnen schon so oft gesagt, daß Sie eine perfekte Mutter wären; das einzige, was Sie dazu noch brauchen, ist ein Vater mit ähnlich guten Eigenschaften.« Er ignorierte Allisons zornigen Blick und wandte sich an Spencer. »Bitte, fühlen Sie sich durch meine Fragen nicht beleidigt.«

»Fragen Sie, was immer Sie wollen«, antwortete Spencer großzügig. Er setzte sich wieder auf den Hocker. Er wirkte ganz gelassen und schien die Situation sogar ausgesprochen amüsant zu finden.

»Kennen Sie Ihren IQ?« wollte Dr. Hyden wissen.

»Ich glaube, der liegt irgendwo bei 170.«

Dr. Hydens Augenbrauen schossen hoch. Er war beeindruckt. Dann setzte er sich die Brille, die er hoch ins Haar geschoben hatte, wieder auf die Nase und unterzog Spencer einer gründlichen Musterung. »Rein vom Körperlichen her machen Sie einen recht imposanten Eindruck«, stellte er fest. »Leben Ihre Eltern beide noch?«

»Ja.«

»Und sind sie noch bei guter Gesundheit?«

»Es geht ihnen hervorragend«, antwortete Spencer.

»Haben Sie Geschwister?«

»Nein, leider war ich ein Einzelkind.«

»Gibt es irgendwelche Erbkrankheiten in Ihrer Familie?«

»Nicht, daß ich wüßte.«

»Er scheint wirklich ausgezeichnet geeignet zu

sein.« Dr. Hyden wandte sich wieder zu Allison um, die mit verschränkten Armen dastand, ungeduldig mit dem Fuß auf den Boden tippte und vor Wut gleich platzen wollte. »Herzlichen Glückwunsch, Allison. Sie haben sich ein ganz besonderes Exemplar ausgesucht!«

»Ich habe ihn für überhaupt nichts ausgesucht! Natürlich bin ich pflichtschuldigst beeindruckt von seinen Qualitäten, aber ich werde mich kaum mit irgendeinem beliebigen Zuchthengst einlassen und ein Kind mit ihm zeugen, nur weil er zufällig den richtigen Intelligenzquotienten hat!« Dr. Hyden dachte sorgfältig über ihre Worte nach und drehte sich dann wieder zu Spencer um. »Sind Sie ein Zuchthengst, der nur sein Vergnügen sucht?« wollte er wissen.

»Nein.« Spencer stand wieder auf und ging zu Allison. »Ich habe Allison sehr gern«, sagte er dann zu Dr. Hyden. »Und ich glaube, auch sie mag mich. Ich möchte, daß zwischen uns beiden eine enge Beziehung entsteht.«

»Ja, aber das ist doch ganz wundervoll«, rief Dr. Hyden. Er rieb sich die Hände und strahlte über das ganze Gesicht.

»Aber sie ist entsetzlich stur«, fuhr Spencer fort. »Und sie hat etwas gegen die Vorstellung, mit mir befreundet zu sein.«

Stirnrunzelnd sah Dr. Hyden seine Mitarbeiterin an. »Ja, ich habe auch schon gemerkt, daß unsere Allison sehr stur sein kann.«

Allison sagte kein Wort dazu, aber man sah ihr an, daß sie kurz vor einer Explosion stand. Dennoch hatte Dr. Hyden das Gefühl, daß sie in Wirklichkeit

Spencer gegenüber gar nicht so ablehnend war, und das gab ihm wieder Hoffnung.

Er schlug Spencer auf den Rücken. »Ich setze volles Vertrauen in Sie, daß es Ihnen gelingen wird, sie zu überzeugen. Und von Ihnen, Allison, erwarte ich gelegentliche Berichte darüber, welche Fortschritte Ihr Projekt macht. Und nun wünsche ich Ihnen beiden noch einen angenehmen Tag.« Dann ergriff er doch die Flucht und stürmte mit wehendem Kittel aus dem Labor.

Blitzende grüne Augen verschränkten ihren Blick mit triumphierend dreinschauenden blauen. »Du glaubst jetzt wohl, daß du besonders clever gewesen bist, was?« fragte Allison. Unwillkürlich war sie wieder zum Du übergegangen.

Er schenkte ihr sein hinreißendstes Lächeln. »Dr. Hyden scheint jedenfalls dieser Meinung zu sein.«

»Das kann er ruhig, ich jedenfalls finde es nicht. Ich finde, daß es dir Spaß macht, andere Leute zu manipulieren, und ich finde auch, daß du arrogant und unerträglich eitel bist.«

»Siehst du? Dann ergänzen wir uns doch prima, denn du bist viel zu bescheiden und nicht selbstbewußt genug.«

Allison holte tief Luft, dann wandte sie sich ab und tat so, als ginge sie wieder an ihre Arbeit. Doch Spencer ließ sich nicht täuschen. Er legte ihr die Hände auf die Schultern, drehte sie zu sich um und zwang sie so, ihn anzusehen. Allison merkte erst einen Moment später, daß er sie gleichzeitig in eine Position manövriert hatte, wo sie ihm nicht mehr ausweichen konnte. Sie stand eingeklemmt zwischen einem Tisch und seinem harten Körper.

Plötzlich nahm Spencer ihre Brille und zog sie ihr aus.

»Das beweist es«, sagte Allison.

»Was beweist es?« wollte er wissen, während er ihr das Gummiband aus den Haaren zog.

»Daß du dich von mir angezogen fühlst, wenn ich so aussehe wie Ann. Warum hörst du nicht endlich auf damit?« Sie versuchte, ihre Stimme fest klingen zu lassen, aber das gelang ihr nicht. Wieder übte Spencers Nähe diese verheerende Wirkung auf sie aus.

Er schwieg nur und konzentrierte sich darauf, Allisons Hals und Nacken zu streicheln. »Bitte laß mich allein«, flehte Allison ihn an.

»Ich kann dich nicht allein lassen, Allison«, flüsterte Spencer, als er seinen Kopf beugte und sie auf den Hals küßte. »Ich gebe ja zu, daß es mir besser gefällt, wenn du das Haar offen trägst, weil ich dann besser darüber streicheln kann«, fuhr er fort. »Und ich finde, du siehst süß mit der Brille aus. Ich habe sie dir nur abgenommen, damit sie nicht zerbricht!«

»Zerbricht?« wiederholte sie atemlos, weil er gerade an ihrem Ohrläppchen herumknabberte. »Was willst du denn mit mir tun?«

»Allison, gib doch endlich zu, was du schon die ganze Zeit weißt!« sagte er, und dann senkte er seinen Mund auf ihre Lippen. Sein Kuß war zuerst noch leicht, zärtlich, aber als Allison hungrig darauf antwortete, wurde er fordernder. Dennoch löste Spencer sich plötzlich wieder von ihr.

»Paß jetzt gut auf, Allison«, meinte er leise. »Das wird dir einen Vorgeschmack davon geben, wie es zwischen uns beiden sein könnte.«

Allison hatte nicht die geringste Chance gegen ihn. Er preßte sie fest an sich, und seine Zunge drang vor, reizte sie, stachelte sie auf und zog sich wieder zurück, spielte mit ihr. Dann rückte er ein Stück von ihr ab und legte ihr eine Hand auf die Brust. Selbst durch den Kittel, die Bluse und den BH spürte Allison seine Zärtlichkeiten. Als Spencer seine Hüfte an ihr rieb, dachte sie spöttisch, daß sie bei ihm wahrlich keinen Handschuh brauchte, um ihn zu erregen.

Als er sich endlich von ihr löste, war Allison wie Wachs in seinen Händen, weich und nachgiebig. »Wir würden ein wundervolles Baby fabrizieren«, murmelte er vor sich hin, »Überleg dir's noch mal, Allison. Ich hole dich heute abend um acht Uhr ab und hoffe, daß du mir dann eine Antwort gibst.«

Als er sie losließ, mußte Allison sich erst einmal abstützen, so schwach fühlte sie sich. Erst lange nachdem Spencer das Labor verlassen hatte, beruhigte sich ihr Atem wieder.

Allison stand vor dem Spiegel und hielt ein stummes Zwiegespräch mit sich selbst. Normalerweise hätte sie keine fünf Minuten nachzudenken brauchen, um Spencers Vorschlag abzulehnen.

Jeder, der nur ein Fünkchen Verstand hatte, mußte zugeben, daß seine Idee völlig hirnverbrannt war. Gut, vom wissenschaftlichen Standpunkt aus hatte der Gedanke schon einen gewissen Reiz, und sie, Allison, war immerhin eine Wissenschaftlerin.

Aber so sehr sie ihre Arbeit auch mochte – das ging ihr einfach zu weit. Sicher, sie ging in ihren Forschungen auf, und bis jetzt hatte sie sich auch nicht viel um andere Sachen gekümmert, aber das hieß noch lange nicht, daß sie zu diesen verschrobenen und halbverrückten Tanten gehörte, die alles, aber auch wirklich alles um der Wissenschaft willen taten.

Dennoch war sie schon halb entschlossen, auf Spencers Vorschlag einzugehen, aber aus Gründen, von denen er, wie sie hoffte, nie etwas ahnen würde.

Bis jetzt hatten Männer in ihrem Leben nie eine Rolle gespielt. Doch nun war Spencer gekommen, hatte sie gesehen und gesiegt. Natürlich war er auch von ihr angezogen, aber Allison wollte sich nichts vormachen. Sie war nicht der Typ, der einen Mann lange halten konnte, und schon gar nicht einen wie Spencer. Und mit den Jahren würde sie bestimmt nicht attraktiver werden, und vielleicht war dies überhaupt ihre einzige Chance, je ein Kind zu bekommen.

Ein süßes kleines Baby, das ganz allein ihr gehörte. Nicht für die Wissenschaft, es würde ganz allein für sie sein. Natürlich würde ihre Eltern der Schlag treffen, wenn ihre kluge, vernünftige Allison plötzlich ein uneheliches Kind zur Welt brachte, aber das war das geringste Problem. Außerdem würde das Kind sie immer an Spencer erinnern.

Plötzlich grinste Allison. Sie mußte versuchen, Spencer glaubhaft die verschrobene Wissenschaftlerin vorzuspielen, die alles für ihre Experimente in Kauf nahm – und das sollte ihr wohl nicht allzu schwer fallen! – und er würde nie etwas von ihren wahren Beweggründen erfahren. Um so leichter würde es ihr auch fallen, ihm klarzumachen, daß sie für das Baby nicht miteinander ins Bett zu gehen brauchen – das war bestimmt nicht die wissenschaftlichste Methode, um ein Kind zu zeugen! Das wiederum hatte den Vorteil, daß sie ihm gar nicht erst die Möglichkeit gab, ihr endgültig das Herz zu brechen.

Allison musterte sich noch einmal im Spiegel und verzog das Gesicht zu einer Grimasse. Besonders hinreißend sehe ich ja wirklich nicht in meinem Dunkelblauen aus, dachte sie spöttisch. Wie üblich hatte sie die Haare zu einem Knoten geschlungen, aber diesmal wenigstens nicht so streng wie sonst. Ein paar vorwitzige Strähnen hatten sich gelöst und umschmeichelten nun ihr Gesicht. Auch die Ohrringe, die sie trug, ließen ihre Züge weicher wirken. Und sie hatte immerhin ein bißchen Wimperntusche aufgetragen. Im großen und ganzen war Allison mit sich zufrieden.

In diesem Augenblick klingelte es. Allison spürte, wie ihre Handflächen plötzlich feucht wurden. Auf einmal war sie wieder wild entschlossen, Spencers Vorschlag einfach abzulehnen. Als sie die Tür öffnete, wurde sie wieder von der ihr nun schon so vertrauten Schwäche überfallen. Spencer sagte gar nichts, sondern blickte sie nur an.

Schließlich brach er das Schweigen. »Du siehst hinreißend aus, Allison«, meinte er und trat an ihr vorbei in die Wohnung. Dann wandte er sich um, nahm sie einfach in die Arme und küßte sie.

Allison rang nach Atem, als er sie endlich wieder losließ. »Du siehst aber auch nicht schlecht aus«, erwiderte sie mit schwacher Stimme. Das ist die Untertreibung des Jahres, fügte sie in Gedanken hinzu. Er ist umwerfend!

Spencer strich ihr noch einmal zärtlich über die

Wange, dann fragte er: »Können wir gehen?« Allison nickte nur, dann machte sie sich mit Spencer auf den Weg. Sie zuckte zusammen, als er ihr den Arm um die Schultern legte.

Höflich hielt er ihr die Autotür auf, bevor er selbst einstieg, aber er fuhr noch nicht los. Allison saß stocksteif neben ihm. »Ist etwas nicht in Ordnung?« erkundigte sie sich schließlich.

»Das möchte ich gern von dir wissen.«

»Wieso?«

»Jedesmal, wenn ich dich berühre, zuckst du verschreckt zusammen. Allison, ich will doch nicht einfach über dich herfallen! Ich habe es noch nie nötig gehabt, bei einer Frau Gewalt anzuwenden. Also hör endlich auf, so zu tun, als erwartetest du jede Sekunde, mein erstes Opfer zu werden!«

»Oh, das ist mir bis jetzt gar nicht bewußt geworden«, murmelte Allison vor sich hin und vermied es, ihn dabei anzuschauen.

»Es ist aber so«, antwortete Spencer. »Wenn ich mit dir schlafen möchte, dann bist du die erste, die es erfahren wird.« Er machte eine Pause. »Und wenn ich noch vor dem Essen mit dir hätte schlafen wollen, dann lägen wir beide jetzt schon ein deinem Schlafzimmer in deinem Bett. Ich hätte dir das Kleid, die Unterwäsche und die Strümpfe ausgezogen und wäre dabei, deinen nackten Körper zu liebkosen. Und du wärst mittlerweile so verrückt nach mir, daß du dich nach nichts anderem mehr sehnen würdest als danach, mich in dir zu spüren. Aber jetzt kannst du dich erst einmal entspannen.«

Entspannen? Machte dieser Mann vielleicht Witze?

Wie, bitte, sollte sie sich entspannen, wenn er sie gerade mit Worten ausgezogen und ihr beschrieben hatte, was er mit ihr tun wollte?

Doch Allison nickte nur, und Spencer fuhr endlich los. Er schien überhaupt keine Schwierigkeiten zu haben, nach diesen Worten eine leichte Unterhaltung mit ihr anzufangen, während Allison nur einsilbig antwortete.

Immerhin führte diese unverfängliche Unterhaltung doch noch dazu, daß sie sich tatsächlich entspannte, und das blieb auch während des ganzen Essens so. Erst beim Nachtisch brachte Spencer wieder das Thema zur Sprache, das beide die ganze Zeit über geflissentlich vermieden hatten.

»Nun, hast du über meinen Vorschlag nachgedacht?« wollte er wissen, als er seine Kaffeetasse auf den Tisch stellte.

Allison stocherte mit ihrem Löffel in ihrem Nachtisch herum. Eben noch hatte er süß und cremig geschmeckt, aber jetzt hatte sie das Gefühl, als äße sie Stroh. »Ja«, erwiderte sie einsilbig.

»Und?«

»Ich bin in meinem ganzen Leben noch nicht mit einem so schwachsinnigen Vorschlag konfrontiert worden.« Sie schwieg einen Augenblick. »Spencer . . .« fing sie dann wieder an, aber er unterbrach sie.

»Sag das noch einmal«, bat er.

»Was?«

»Meinen Namen. Du hast ihn jetzt zum ersten Mal ausgesprochen.«

Allison sah ihn verwirrt an. »Unsinn. Ich habe dich doch schon oft so angesprochen!«

»Das stimmt«, gab Spencer ihr recht. »Aber immer als ›Ann‹. Aber jetzt hast du zum ersten Mal als Allison meinen Vornamen benutzt.«

Allisons Lippen waren plötzlich so trocken geworden, daß sie sie mit der Zunge befeuchten mußte. »Spencer«, begann sie von neuem. »Ich finde das Ganze wirklich ziemlich absurd. Warum willst du unbedingt ein Kind von mir haben?«

»Würdest du mir glauben, wenn ich jetzt antworte: ›Um dein Herz zu gewinnen?‹«

»Nein.«

»Das hatte ich mir gedacht. Also dann: um etwas für den Fortschritt der Wissenschaft zu leisten.«

Allison schluckte und wagte nicht, ihn anzusehen. Hatte sie jetzt die Chance, ihren Plan durchzuführen? Warum blieb sie dann stumm?

Aber sie hätte gar keinen klaren Gedanken mehr fassen können, denn Spencer hatte begonnen, zärtlich mit seinen Daumen über die Innenfläche ihrer Hand zu streichen. Allison hatte gar nicht gewußt, daß so leichte Berührungen so erotisch sein und einen solchen Gefühlssturm in ihr bewirken konnten.

Und es konnte auch nur an ihrer Verwirrung und dem Chaos in ihren Gedanken liegen, daß sie sich plötzlich selbst sagen hörte: »Okay, ich stimme zu.« Allison kam es vor, als hätte jemand ganz anderes gesprochen.

»Gut.« Plötzlich wirkte Spencer cool und geschäftsmäßig. »Wann wäre der günstigste Zeitpunkt?«

»Noch diese Woche«, flüsterte Allison. »Aber wir brauchen uns ja nicht zu beeilen.«

»Je eher, desto besser«, antwortete Spencer, »findest du nicht auch?«

»Nun ja«, fing Allison an. »Eigentlich kann die Befruchtung zu jedem passenden Zeitpunkt vollzogen werden. Es wird ja sowieso eingefroren.«

Spencer sah sie belustigt an. »Ich glaube, irgendwas habe ich nicht richtig begriffen. Was wird eingefroren, Allison?«

»Na, dein . . . dein . . .« Warum fing sie nur plötzlich an zu stottern und wurde rot wie ein Schulmädchen? War das noch die kühle Wissenschaftlerin? »Dein Sperma«, brachte sie schließlich heraus.

»Eingefroren?« Mit allem hatte Allison gerechnet, aber nicht damit, daß Spencer einen solchen Lachanfall bekam. Sie rutschte unbehaglich auf ihrem Stuhl hin und her.

»Spencer«, sagte sie, »sei doch etwas leiser! Die Leute schauen ja schon her.«

Er beugte sich zu ihr über den Tisch, als er sich endlich wieder beruhigt hatte. »Hattest du allen Ernstes eine künstliche Befruchtung im Sinn?«

»Ja! Und bitte, sprich nicht so laut!«

Wieder fing Spencer an zu lachen, dann schüttelte er den Kopf. »Das kannst du dir aus dem Sinn schlagen, meine liebe Miss Leamon. Nichts von mir wird eingefroren! Dein Rumpelstilzchen mag sich ja vielleicht mit einem Fellhandschuh zufriedengeben, aber ich nicht.«

Wieder wurde Allison rot. »Er heißt Rasputin, merk dir das doch endlich! Und ich hoffe wirklich, daß du nicht meinst, was ich meine, daß du meinst!«

Spencer grinste nur. »Find's doch selbst heraus!«

Auch Allison beugte sich jetzt vor. »Welche Art von Befruchtung hattest du denn im Sinn?«

Spencers Grinsen wurde noch breiter. »Na, die übliche halt!«

»Die übliche?« Allisons Röte vertiefte sich. »Das kann ich nicht!«

»Ach, Schätzchen, wenn es das ist, was dir Sorgen macht: Ich kann dir auch etwas anderes als das ›Übliche‹ beibringen!«

»Spencer!« Das war eine deutliche Warnung. »Hör gefälligst mit diesem dummen Geschwätz auf. Du hast sehr gut verstanden, was ich damit gemeint habe. Es ist unmöglich.«

»Warum?«

»Ich will einfach nicht mit dir ins Bett gehen, darum!« antwortete sie bockig.

Wieder schüttelte Spencer den Kopf, dann nahm er ihre Hände. »Allison, ich verstehe überhaupt nicht, wie du auf die Idee gekommen bist, daß ich einer künstlichen Befruchtung zustimmen würde. Habe ich dir nicht klipp und klar gesagt, daß ich dich in meinem Bett haben will?«

»Das hast du zu Ann gesagt!«

»O Allison!« Jetzt war er wirklich verärgert. »Ist es denn so schwer zu begreifen, daß ich immer nur dich begehrt habe, auch wenn ich anfangs geglaubt habe, du wärst Ann?«

»Das ist mir egal. Ich gehe trotzdem nicht mit dir ins Bett. Ich will nicht.«

»Lügnerin!«

»Nein!«

»Doch! Und gib endlich zu, daß du das Kind auch haben willst.«

Jetzt hatte sie sich in der eigenen Falle gefangen.

Allison kaute nervös auf ihrer Unterlippe herum, während sie überlegte, was sie jetzt sagen sollte. »Ich weiß nicht«, fing sie an. »Ich muß erst mal mit der neuen Situation fertig werden. Ich hatte bis jetzt immer nur an künstliche Befruchtung gedacht. Ich hätte nie geglaubt, daß du so weit gehen würdest.«

»Du ahnst ja gar nicht, wie weit ich gehen kann, wenn ich etwas haben möchte«, erwiderte Spencer, während er dem Kellner winkte. »Denk darüber nach. Laß dir ruhig Zeit. Ich will deine Antwort erst hören, wenn wir in deiner Wohnung sind.«

Während der Heimfahrt sprachen sie nicht miteinander. Nur einmal fragte Spencer: »Denkst du darüber nach?«

»Ja. Halt den Mund!«

Allison schloß die Wohnungstür auf, trat ein und holte einmal tief Luft. Dann wandte sie sich ihm zu. »Gut, ich möchte das Baby. Es wird sehr wichtig für mich sein. Du kannst der Vater sein.«

»Zu meinen Bedingungen?«

Allison mußte erst einmal schlucken. »Ja«, stimmte sie dann zu. »Zu deinen Bedingungen. Auch wenn ich glaube, daß du ein skrupelloser Erpresser bist.«

Spencer hatte sie an sich gezogen und bedeckte ihren Hals mit kleinen Küssen. »Ist das eine Art, mit dem Vater deines Kindes zu reden?« meinte er, und Allison spürte, daß er dabei lächelte.

»Ich rufe dich diese Woche an«, sagte sie.

»Kommt nicht in Frage.«

»Was heißt das: ›Kommt nicht in Frage?‹« wollte Allison wissen. Sie machte sich aus seinen Armen frei.

»Wir sind zwei Menschen, die in Liebe einen kleinen Menschen zeugen wollen, und nicht irgendwelche Versuchstiere im Labor, die man nur dann zusammenbringt, wenn die Zeit günstig ist.« Er grinste. »Aber wenn du unbedingt willst, kannst du den Fellhandschuh ruhig mitbringen.«

»Mitbringen? Wohin?«

»Wir werden zusammen nach Hilton Head fahren und ein paar Tage gemeinsam auf meinem Boot verbringen.«

»Aber das geht doch gar nicht!« protestierte Allison. »Ich kann mir nicht einfach von heute auf morgen Urlaub nehmen!«

Spencer lachte. »Laß mich das nur machen. Ich rufe Dr. Hyden an, und dann brauchst du dich um nichts anderes zu kümmern, als morgen nachmittag fertig zu sein.«

»O nein, Spencer, das wirst du nicht tun! Laß Dr. Hyden aus dem Spiel. Ich will nicht, daß er es erfährt. Ich regele das schon irgendwie selbst.«

»Ich denke, du tust es für die Wissenschaft?« fragte Spencer spöttisch. »Warum soll er es dann nicht erfahren?«

»Weil ich nicht will!«

»Ach ja, und noch was, Allison«, meinte Spencer dann. »Pack nicht zuviel ein, du wirst nicht viele Kleider brauchen. So, und jetzt komm.« Er zog sie wieder an sich. »Jetzt werden wir schon mal ein bißchen üben.«

Bevor sie noch etwas sagen konnte, hatte Spencer ihr Gesicht zwischen seine Hände genommen und küßte zärtlich ihre Augen, ihre Nase, ihren Mund.

Seine Lippen schlossen sich besitzergreifend über ihren, und Allisons Mund öffnete sich willig. Spencer preßte sie enger an sich, als könne er gar nicht genug von ihr bekommen. Unwillkürlich legte ihm Allison die Arme um den Hals.

»Ich will dich berühren, Allison«, murmelte er ihr ins Ohr, während er begann, die Knöpfe ihres Kleides aufzumachen.

Ich sollte das nicht zulassen, flüsterte ihr Verstand Allison zu, aber ihr Körper wollte nicht hören. Ihre Brüste sehnten sich danach, von Spencer liebkost zu werden. Es war verrückt, aber sie war es leid, immer nur vernünftig zu sein.

Spencer schob Allisons Kleid über die Schultern und umfaßte eine Brust mit seiner Hand. Sein Daumen strich über ihre Brustwarze. »Du fühlst dich so gut an«, flüsterte er ihr zu. »Ich will dich auch mit meinen Lippen spüren, Allison, ich will dich ganz zart berühren, bis du genauso verrückt nach mir bist, wie ich nach dir bin.« Und er zeigte ihr, war er damit meinte.

Allison stöhnte auf, als er erst die eine, dann die andere Brust mit seinen Lippen und seinen Händen liebkoste. Sie drängte sich ihm entgegen, und ihr Körper brannte danach, ihm ganz zu gehören. Als seine Hand über ihren Bauch, über ihren Slip, zwischen ihre Schenkel glitt, hatte sie das Gefühl, sie könnte es einfach nicht mehr länger aushalten.

Wie hatte sie nur je auf die Idee kommen können, Sex zwischen zwei Menschen sei etwas Mechanisches, nichts als eine Frage der Hormone? Wie dumm sie gewesen war – und was noch schlimmer war: um was hatte sie sich alles betrogen!

»Allison!« murmelte Spencer, und seine Stimme klang rauh. »Am liebsten würde ich jetzt auf der Stelle mit dir schlafen.« Er hob ihr Kinn an, so daß sie ihn ansehen mußte. »Aber ich tue es nicht, weil ich möchte, daß das erste Mal für uns beide etwas ganz Besonderes wird!«

Langsam löste er sich von ihr, zog ihr das Kleid wieder hoch und schloß einen Knopf nach dem anderen. Als er ihre geröteten Wangen sah, fragte er: »Bist du okay?«

»Ich glaube schon«, antwortete sie und lächelte ihn an.

»Und du bist bereit, morgen nachmittag mit mir zu kommen?«

»Ja.«

Als Spencer sie verlassen hatte, ging Allison in ihr Schlafzimmer und stellte sich vor den Spiegel. Sie betrachtete sich eine geraume Zeit. Ihre Augen glänzten, und sie wirkte so, als hätte sie gerade erst angefangen zu leben.

Sie dachte daran zurück, wie sie sich erst vor ein paar Stunden das ganze Für und Wider überlegt hatte. Jetzt war sie soweit, daß sie sich den eigentlichen Grund eingestehen konnte, warum sie ein Baby von Spencer haben wollte.

Sie liebte diesen Mann.

7

Es war Allison nicht leichtgefallen zuzugeben, daß sie Spencer liebte, vor allem, weil sie wußte, daß er nicht das gleiche für sie empfand. Wie viele andere Frauen mochten schon vor ihr seinem Charme zum Opfer gefallen sein? Ohne Zweifel hatte er überall auf der Welt gebrochene Herzen hinter sich gelassen, und genauso ohne Zweifel würde er auch ihr das Herz brechen. Und dennoch war sie bereit, sich auf eine Affäre mit ihm einzulassen. Sie machte sich nichts vor. Spencer war und blieb ein Abenteurer, der es nie lange an ein und demselben Ort aushielt. Bald würde er sie wieder verlassen, und wenn sie wirklich schwanger wurde, sah sie ihn vielleicht ab und zu noch einmal wieder, wenn er das Kind besuchen kam. Aber immerhin hätte sie dann eine lebendige Erinnerung an ihn: das Kind.

Und selbst, wenn ihre Affäre ohne Folgen blieb, würde sie nie vergessen, was zwischen ihnen gewesen war, und das würde ihr helfen, die Einsamkeit in ihrem Leben auszuhalten. Sie würde immer in ihrem Herzen bewahren, daß es einmal einen Mann gegeben hatte, den sie geliebt hatte.

Deswegen hatte Allison auch keine Hemmungen, mit ihm auf seine Jacht zu gehen. Und falls ihr doch noch Bedenken kommen sollten, nun, mit denen konnte sie auch später noch fertig werden.

Allison wurde wach, als sie das Telefon klingeln hörte. Noch ganz verschlafen hob sie den Hörer ab.

»Ich kann es nicht glauben, ich kann es einfach nicht glauben!«

Allison schüttelte den Kopf, als könnte sie dadurch klarer denken. »Was kannst du nicht glauben, Ann?« fragte sie.

»Daß du mit Spencer nach Hilton Head fährst!«

»Da hat er ja nicht lange gebraucht, um mit seiner neuesten Eroberung zu prahlen, was?« brummte Allison.

»Nun hab dich doch nicht so!« antwortete Ann. »Er hat nicht damit herumgeprahlt, sondern Davis hat ihm alles Wort für Wort aus der Nase ziehen müssen. Ehrlich, Allison, wir konnten es einfach nicht glauben.«

»Das hast du schon mal gesagt.« Allison seufzte. »Ann, es geht wirklich nichts über eine Schwester, die einem das Selbstvertrauen so richtig aufbaut.«

Jetzt seufzte Ann. »Allison, ich habe damit doch nicht gemeint, daß ich nicht glaube, daß Spencer dich einlädt, sondern daß du zugestimmt hast!«

Allison war erleichtert. Anscheinend war Spencer Gentleman genug gewesen, um nichts über das Baby auszuplaudern. »Ich werde bestimmt eine Menge Spaß bekommen, ich bin ja noch nie auf einer Jacht gewesen«, meinte sie dann unverbindlich.

»Du bist unmöglich, Allison«, schimpfte Ann. »Es interessiert mich nicht, ob es dir auf der Jacht gefallen wird oder nicht, ich will endlich wissen, was sich zwischen euch beiden abgespielt hat!

»Es hat sich nichts abgespielt«, behauptete Allison.

»Dann solltest du aber mal Spencer reden hören! Als Davis endlich herausgefunden hatte, daß Spencer dich mitnimmt, hat Spencer ihm ununterbrochen von dir vorgeschwärmt. Wie toll du bist und daß er schon vom ersten Augenblick an verrückt nach dir war, und so ging es die ganze Zeit weiter. Und erinnere mich bei Gelegenheit daran, daß ich noch ein Hühnchen mit dir zu rupfen habe, weil du mir nicht schon früher davon erzählt hast! Dann hätte ich doch alles miterleben können! Na ja«, meinte sie dann, »ich muß mich beeilen.«

»Ich auch«, sagte Allison. »Ich muß bis heute nachmittag noch tausend Sachen erledigen. Wie spät ist es denn jetzt? Ach, du lieber Himmel, schon neun? Annie . . .«

Ihre Schwester unterbrach sie. »Du wirst jetzt gar nichts tun, sondern brav auf mich warten. Ich bin gegen zehn bei dir, und dann machen wir beide einen Einkaufsbummel.«

»Einen Einkaufsbummel? Wieso denn?«

Ann kicherte. »Du mußt doch für deine erste Affäre passend ausgerüstet sein, oder? Und widersprich mir nicht!« Damit hatte sie auch schon aufgelegt.

Zuerst rief Allison Dr. Hyden an und bat um ein paar Tage Urlaub, den er ihr auch prompt bewilligte, ohne nach dem Grund zu fragen. Als Allison dieses Gespräch erledigt hatte, seufzte sie erleichtert auf. Für sie war das der schwierigste Teil überhaupt gewesen.

Doch auch die nächsten Stunden wurden für Allison ein einziges Chaos. Ann schleppte sie von einer Boutique in die andere und stattete sie komplett neu aus. Um Zeit zu sparen, probierte auch Ann einen Teil der neuen Sachen an.

Völlig erschöpft kehrten sie schließlich in Allisons Wohnung zurück. Allison hatte gerade Zeit, sich noch ein bißchen zurechtzumachen, bevor Spencer kam, während Ann schon mal den Koffer für sie packte.

»Nur damit du's weißt«, meinte Ann schließlich, »dieses scheußliche alte Hemd von Dad habe ich nicht eingepackt!«

Allison seufzte und dachte dabei an diese hauchdünnen Spitzendinger, von denen ihre Schwester behauptet hatte, daß sie das einzige waren, was als Nachthemden in Frage käme.

In diesem Augenblick klingelte es.

»Ach du lieber Himmel!« rief Allison. »Da ist er schon!« Ann gab ihr einen Schubs in Richtung Tür. »Nun geh schon und mach ihm auf!« befahl sie ihrer Schwester. »Ich muß nur noch schnell den Koffer schließen.«

Bevor Allison öffnete, blieb sie noch einen Moment an der Tür stehen und holte einmal tief Luft. Ihr Herz klopfte zum Verrücktwerden. Plötzlich schüttelte sie den Kopf. War diese junge, aufgeregte Frau wirklich noch sie selbst, die tüchtige, immer so vernünftige Allison?

Als es wieder klingelte, riß sie sich zusammen und machte endlich die Tür auf.

Spencer strahlte sie an, als er sie erblickte. »Hallo!« sagte er.

»Hallo!« erwiderte Allison.

Er trat ein, blieb jedoch unsicher stehen, als plötzlich Ann in der Schlafzimmertür auftauchte. Sein Blick wanderte zwischen den beiden Schwestern hin und her, doch dann lächelte er, zog Allison in seine Arme und küßte sie.

»Fertig?« fragte er, als er sie schließlich freigab.

Ann stemmte die Hände in die Hüften. »Wie kommt es, Spencer, daß Sie sofort gewußt haben, welche von uns Allison ist, nachdem Davis sich doch so leicht hat übertölpeln lassen?«

Spencer lachte nur, und Allison war dankbar dafür, daß er sie im Arm hielt, denn sein Kuß hatte sie so schwach gemacht, daß sie glaubte, jeden Moment müßten die Knie unter ihr nachgeben. Sie war auch froh, daß Ann an ihrer Stelle erklärte, daß die Koffer gepackt seien und daß es jederzeit losgehen könne. Irgendwie hatte sie das Gefühl, daß sie im Moment keinen vernünftigen Satz zustande bringen würde.

Ann fiel ihr noch ein letztes Mal um den Hals, drückte sie und flüsterte ihr ins Ohr: »Und wage ja nicht, bei diesem phantastischen Mann zu irgend etwas nein zu sagen!«

Und dann saß Allison neben Spencer im Auto, neben einem Mann, den sie noch nicht einmal eine Woche kannte, und war mit ihm zusammen auf dem Weg zu seiner Jacht, auf der sie völlig allein sein würden, mit nur einem Ziel: miteinander zu schlafen.

»Du hast einen hübschen Anzug an«, bemerkte Spencer beiläufig.

»Danke.«

»Ist er neu?«

»Ja.«

»Dein Haar gefällt mir auch.«

»Danke.«

»Ist dir die Klimaanlage zu kühl?«

»Nein.«

»Gibt es vielleicht noch eine winzige Chance, daß du mir in der nächsten Zeit mit mehr als nur einem Wort antwortest?«

Allison sah ihn von der Seite her an, dann mußte sie unwillkürlich lachen. »Tut mir leid«, meinte sie.

Spencer grinste. »Toll! Wir machen ja schon Fortschritte! Das waren immerhin schon drei Wörter!« Plötzlich legte er ihr eine Hand auf den Arm. »Sag mal, Allison, willst du eigentlich die ganze Fahrt über dort in die Ecke gedrückt sitzen bleiben?«

»Wo soll ich denn sonst sitzen?« fragte sie zurück.

»Ein bißchen näher bei mir.«

Allison zuckte mit den Schultern, rückte aber so nah, daß ihr Oberschenkel seinen berührte. Spencer legte ihr den Arm um die Schulter und begann, sie zu streicheln.

»Allison, könntest du mir einen Gefallen tun?« bat er.

»Was denn?« wollte sie wissen.

»Kannst du deine Hand auf meinen Oberschenkel legen?«

Allison hätte erwartet, daß er sie fragte: »Könntest du mal auf der Karte nachsehen?« oder »Mach doch bitte das Radio an!« aber bestimmt nicht so etwas. Sie war dermaßen überrascht, daß sie tatsächlich seiner Bitte nachgab.

Durch den dünnen Stoff seiner Hose konnte Allison seine harten, durchtrainierten Muskeln fühlen. Ihre Hand schien auf einmal mehr von ihm spüren zu wollen, doch Allison riß sich zusammen.

Spencer begann, ihr von seiner Kindheit zu erzählen, von seinen Eltern, seiner Freundschaft mit Davis, seiner Collegezeit. Seine Stimme, das gleichmäßige Geräusch des Motors, seine sanften Berührungen schläferten sie ein.

Doch plötzlich schreckte sie wieder auf, als Spencer unvermittelt sagte: »Weißt du eigentlich, wie beunruhigend es ist, zu wissen, daß meine Hand nur ein paar Zentimeter von deiner Brust entfernt ist?«

»Ann hat mir verboten, heute einen BH zu tragen«, gab Allison kleinlaut zu.

»Ich weiß nicht, ob ich ihr dafür danken oder mit ihr böse sein soll«, antwortete er. »Es ist die reine Folter, eine angenehme zwar, aber immerhin eine Folter.« Und mit diesen Worten zog Spencer seine Hand zurück.

Allison war von ihrer Reaktion verwirrt. Einerseits sehnte sie sich nach seinen Zärtlichkeiten und wollte nicht, daß er damit aufhörte. Andererseits erschreckte es sie, wie willenlos sie wurde, wenn er sie nur berührte. Sie hatte Angst vor sich selbst – und davor, daß sie sich zu sehr an Spencers Zärtlichkeiten gewöhnte, denn immerhin gab es ja keine Zukunft für sie beide. Das war etwas, was sie keine Minute vergessen durfte.

Als hätte er ihre Zweifel gespürt, nahm Spencer in diesem Augenblick ihre Hand und drückte sie an seine Lippen. Er küßte sanft ihre Handfläche, und Allison lief ein Schauer über den Rücken. Dann plazierte er ihre Hand wieder auf seinem Oberschenkel, ein bißchen höher diesmal, und legte seine Hand über ihre.

Sie ließen sich Zeit mit der Fahrt, hielten an, wenn sie Lust dazu hatten, und setzten dann gemächlich ihren Weg weiter fort.

Allison erzählte ihm von sich und Ann und welche Verwirrung sie als Kinder oft gestiftet hatten. Sie versuchte, Spencer begreiflich zu machen, welche besondere Bindung zwischen Zwillingen herrschte, aber auch, welche Nachteile es haben konnte.

Doch, egal, was sie auch machten, er berührte Allison ständig. Wenn uns jemand sieht, dachte sie, dann muß er fest davon überzeugt sein, daß wir schon lange ein Liebespaar sind. Und sie begriff nun, warum Spencer sicherlich nie Mühe hatte, eine Frau für sich zu gewinnen. Er war ein Experte im Verführen. Instinktiv behandelte er jede Frau so, wie sie behandelt werden wollte. Ihm gelang es, daß Allison sich sexy, charmant, witzig und unwiderstehlich fühlte, obwohl in Wirklichkeit er derjenige war, der unwiderstehlich war.

Als sie dem Meer immer näher kamen, veränderte sich die Gegend. Das Land wurde flacher, und die Luft war merklich feuchter. Sie hatten die Staatsgrenze von Georgia nach Süd-Kalifornien überquert, und Spencer fuhr nun auf dem Highway, der direkt nach Hilton Head führte.

Hilton Head war glücklicherweise noch nicht vom

Tourismus verdorben worden. Die Häuser paßten sich perfekt der Landschaft an, und alles strömte Harmonie und Frieden aus.

»Es ist wunderschön hier«, stellte Allison begeistert fest. Am liebsten hätte sie sich wie ein kleines Mädchen die Nase am Fenster plattgedrückt, damit ihr nur ja nichts entging. »Ich verstehe gar nicht, warum ich nicht schon früher hierhergekommen bin. Liegt deine Jcht eigentlich immer hier vor Anker, wenn du an Land bist?«

»Das kommt darauf an«, antwortete Spencer. »Wenn ich hier in der Gegend zu tun habe, dann ja.«

»Was machst du eigentlich genau?« wollte Allison wissen.

»Ich glaube, der Kühlschrank an Bord ist leer«, meinte er und steuerte einen Supermarkt an. »Wir werden uns erst mal mit Vorräten eindecken müssen.« Allison ärgerte sich, daß er ihre Frage einfach ignoriert hatte, und blieb auch dann noch im Auto sitzen, als Spencer um den Wagen herumkam und ihr die Tür öffnete.

»Warum machst du eigentlich so ein Geheimnis aus deinem Beruf? Ist er denn irgendwie illegal?«

»Nein.«

»Also, warum verrätst du mir dann nicht, was du tust?«

»Ich handele mit einem Produkt.«

»Mit was für einem?«

»Das geht dich nichts an.«

Durch Allisons Kopf schwirrten die wildesten Vermutungen. War Spencer in irgendwelche krummen Sachen verwickelt? War er vielleicht ein Schmuggler?

Doch dann sagte sie sich, daß nur mal wieder ihre Phantasie mit ihr durchging, und seufzend stieg sie aus und folgte Spencer, der schon auf den Laden zuging.

Als sie endlich den Jachthafen erreichten, ging gerade die Sonne unter. Es war ein unbeschreibliches Farbenspiel, und Allison war so hingerissen, daß sie nur schweigend dastehen und staunen konnte.

»Habe ich dir zuviel versprochen?« flüsterte Spencer ihr ins Ohr, als sie auf dem Pier standen. Lässig hatte er ihr einen Arm um die Schultern gelegt.

Sie konnte nur den Kopf schütteln. Schweigend beobachteten sie, wie die Sonne endgültig im Meer versank, dann führte Spencer Allison zu seinem Schiff.

Der junge Mann, der sich in der Zwischenzeit um die Jacht gekümmert hatte, kam an Land, erklärte kurz, daß alles okay sei, und verschwand.

»Seiner Familie gehört das Boot neben meinem«, sagte Spencer, dann half er Allison an Deck.

Sie kam aus dem Staunen nicht mehr heraus, während Spencer ihr die ›Double Dealer‹ zeigte. Die Jacht war einfach ein Traum, komfortabel und luxuriös. Sie war strahlend weiß gestrichen, das Deck blitzte nur so vor Sauberkeit, und die Messingbeschläge blinkten.

Das Steuerhaus schien Allison noch komplizierter ausgestattet zu sein als das Cockpit eines Jumbo-Jets, und die Kombüse war supermodern. Im Salon versank Allison fast in dem weichen, dunkelblauen Teppich. Ein weißes Ledersofa beherrschte den ganzen Raum. Auch das Schlafzimmer ließ nichts zu wünschen übrig. Weiße Ledersessel standen hier, und das riesige Bett wirkte überaus einladend. Im angrenzenden Bad gab es zwar keine Badewanne, sondern nur eine Dusche, aber sonst mangelte es an nichts.

»Gefällt's dir?« wollte Spencer wissen, während Allison ihren Blick noch einmal durch das Schlafzimmer schweifen ließ.

»Ja«, sagte sie und fand selbst, daß ihre Stimme ungewöhnlich rauh klang. Dann lächelte sie Spencer nervös an. »Sehr sogar«, fügte sie hinzu.

»Gut. Dann mach's dir hier schon mal gemütlich. Ich will erst den Wagen ausladen, das dauert einige Zeit.«

»Soll ich dir helfen?« fragte sie.

Spencer gab Allison einen Kuß auf die Nasenspitze. »Nein. Ruh dich lieber ein bißchen aus. Das wirst du gebrauchen können.«

Allison kam diese Bemerkung wie eine Warnung vor. Als Spencer mit den Lebensmitteln zurückkehrte, fing sie an, sie in der Kombüse zu verstauen, während er wieder zum Wagen ging, um ihre Koffer zu holen.

Allison bekam wieder einen Kuß, als er den Koffer abstellte. »Einmal muß ich noch gehen«, meinte er, »dann haben wir alles.«

Sie war gerade dabei, die letzten Sachen in den Kleiderschrank zu räumen, als Spencer mit zwei Gläsern Wein in der Hand ins Schlafzimmer kam. »Ich dachte, es könnte nichts schaden, wenn wir auf eine schöne Zeit anstoßen«, meinte er und reichte ihr ein Glas.

Allison lachte. »Das letzte Mal, als ich mit dir etwas getrunken habe, konnte ich das Glas vor mir nur ahnen, und dich konnte ich überhaupt nicht erkennen.«

»Als du mich dann das erste Mal richtig gesehen hast, warst du da enttäuscht?« wollte Spencer wissen.

»He, angelst du vielleicht nach einem Kompliment?«

»Ja.«

Allison stellte ihr Glas ab und begann, Spencer gründlich zu mustern. Seinem Gesicht sah man an, daß er viel Zeit im Freien verbrachte, und als sie in seine Augen blickte, schien sie wieder darin zu versinken.

Hastig riß Allison sich los, dann wanderte ihr Blick weiter zu seinen dunklen Haaren, die jetzt ein bißchen von der leichten Brise zerzaust waren.

Spencer hatte sein Hemd halb aufgeknöpft, so daß Allison die Haare auf seiner Brust erkennen konnte. Wie immer raubte sein Anblick ihr einfach den Atem.

»Ich war ganz bestimmt nicht enttäuscht«, meinte sie schließlich.

Spencer grinste, dann hob er sein Glas, um mit ihr anzustoßen. Allison nahm ihres wieder in die Hand.

»Auf uns«, sagte er. »Und daß wir uns immer gern und mit besonders viel Freude an diese Tage erinnern werden.«

Sie trank einen Schluck und betrachtete Spencer über den Rand ihres Glases. Plötzlich nahm er es ihr aus der Hand und stellte beide Gläser zur Seite.

Langsam zog er Allison näher an sich heran und legte ihr eine Hand um den Nacken. »Den ganzen Tag lang habe ich mich schrecklich nach dir gesehnt«, meinte er leise. »Und jetzt kann ich einfach nicht mehr warten.«

Sein Mund senkte sich auf ihre Lippen. Allison

genoß seinen Kuß, seine Zunge, die ihren Mund erforschte, seine Lippen, die zärtlich mit ihren spielten. Seine Arme schlossen sich fester um sie, so fest, als wollte er sie nie wieder loslassen, und ihre Körper schmiegten sich aneinander, als wären sie füreinander geschaffen. Sie sanken auf das Bett zurück.

Dann glitten seine Hände auf ihre Hüften hinunter, und Allison spürte wieder, wie diese herrliche Erregung in ihr aufstieg.

»Spencer«, flüsterte sie leise und legte dann all ihre Leidenschaft in ihren Kuß.

Einen Augenblick später hatte Spencer ihren Gürtel gelöst, und während er sie fordernd weiterküßte, wanderte seine Hand unter Allisons Top nach oben, bis sie unter ihrem Busen ruhte. Mit quälender Zärtlichkeit ließ er seine Finger um ihre Brust kreisen, und erst, als Allison aufstöhnte, bedeckte er sie ganz mit seiner Hand. Leicht bewegte er die Hand, bis die Brustwarze sich hart aufrichtete. Wieder stöhnte Allison, und Spencer richtete sich auf, damit er ihr das Top über den Kopf ziehen konnte. Als er Allison betrachtete, hielt er für einen Augenblick den Atem an. »O Allison«, murmelte er dann. »Du bist so schön!«

Es war, als könnte er seinen Blick nicht von ihren Brüsten lösen, die voll und rund waren und nur darauf zu warten schienen, daß er sie wieder berührte.

Spencer beugte sich vor, und Allison beobachtete, wie sich seine Lippen um ihre Brustwarzen schlossen. Die erste Berührung durchzuckte sie wie ein Schock, und sie hielt die Hand vor den Mund, um nicht aufzuschreien. Ihr ganzer Körper sehnte sich nach mehr, und unruhig bewegte sie sich unter Spencer.

Er hielt den Kopf leicht schräg, und daß Allison so genau sehen konnte, was er mit ihr machte und wie er sie liebkoste, erregte sie noch mehr. Sie spürte, wie seine Zunge sie berührte, und ungeduldig preßte sie ihre Hüften gegen seine.

Auch als Spencer merkte, daß sie ihn beobachtete, löste er sich nicht von ihr. »Darling, du bist einfach hinreißend«, flüsterte er ihr zu, dann senkte er wieder den Kopf und küßte sie fordernd und drängend. Seine Lippen waren heiß und sein Kuß ein einziger Angriff auf Allisons Sinne.

Plötzlich rollte er sich auf die Seite und schob eins seiner Beine zwischen Allisons Knie. Wieder küßte er sie, so wild und so stürmisch, daß sie beide ganz außer Atem waren. Spencer nahm ihre Hände und legte sie auf sein Herz. Allison spürte, wie heftig es klopfte.

»Fühlst du es?« fragte er leise. »Fühlst du, was du mit mir machst? Hier ...«, er führte ihre Hand nach unten und legte sie auf seinen Penis, »und hier?«

Plötzlich war Allison nicht mehr von Leidenschaft erfüllt, sondern nur noch von Panik. Sie schnürte ihr die Kehle zu, bis sie kaum noch atmen konnte.

Er war so mächtig und hart und so gefährlich und furchterregend männlich, daß Allison ihre Hand losriß und blitzschnell ein Stück zur Seite rückte. Sie rollte sich von Spencer weg bis ans äußerste Ende des Betts, richtete sich auf, griff nach ihrem Top und hielt es vor die Brust.

Das Schweigen zwischen ihnen schien endlos zu dauern. Keiner bewegte sich. Allison saß da wie erstarrt, den Kopf gesenkt, und wagte es nicht, Spencer in die Augen zu sehen.

»Allison, möchtest du mir nicht verraten, was nicht in Ordnung ist?« fragte er schließlich – nach einer Ewigkeit, wie es ihr vorkam.

Nicht in Ordnung, nicht in Ordnung, hallte es in ihrem Kopf wider. Immer, wenn eine Frau nein sagte, glaubten die Männer, mit ihr müsse etwas nicht in Ordnung sein. Aber es war ja auch nicht alles in Ordnung mit ihr, oder?

»Ich habe dir doch gesagt, daß ich nicht so begabt bin, wenn es um Sex geht«, antwortete sie dann, und ihre Stimme zitterte ein bißchen. Den Kopf hielt sie immer noch gesenkt. »Aber du wolltest mir ja nicht zuhören.«

»Ich finde, daß du eben alles andere als unbegabt warst«, widersprach Spencer, aber sein Tonfall war so kühl, daß er nicht dazu beitrug, daß Allison sich wieder beruhigte. »War ich denn für dich zu schnell? Habe ich dich irgendwie gekränkt?«

»Ich will nicht darüber reden.«

»Aber ich, verdammt noch mal!« schrie Spencer sie an.

Wütend hob Allison den Kopf und warf ihm einen bösen Blick zu. »Falls dein Ego jetzt angekratzt sein sollte, dann kannst du dich wieder beruhigen. Es war nicht deine Schuld, sondern ganz allein meine.«

»Wieso? Wolltest du mich denn nicht berühren?«

Sie schluckte hart. »Nein.«

Er schwieg einen Moment. »Und warum nicht?« wollte er dann wissen. »Kannst du mir das sagen?«

»Nein.«

»Stoße ich dich denn ab oder so?«

Sie abstoßen? Nein, das tat er nicht. Er jagte ihr nur Angst ein. »Nein«, antwortete Allison.

»Aber du mußt doch gemerkt haben, wie erregt ich war«, wandte er ein. »Es kann dich doch nicht schockiert haben, mich zu berühren.«

»Hat es aber!« Die Worte waren heraus, bevor Allison sie zurückhalten konnte.

Spencer schüttelte den Kopf. »Das verstehe ich nicht«, fing er an. »Du mußt doch wissen, wie es sich anfühlt, wenn ein Mann eine Frau so begehrt wie ich dich.«

Allison schoß geradezu vom Bett hoch. »In der Theorie weiß ich das auch«, schrie sie Spencer an. »Ich weiß genau, wie es funktioniert. Nur in der Praxis kenne ich mich nicht aus.«

So! Jetzt war es heraus. Sie registrierte flüchtig, daß er sie verblüfft anstarrte, als sie herumwirbelte und sich ihr Top wieder überzog. Allison hörte, wie er sich auf dem Bett bewegte. »Soll das heißen, daß du noch ... daß du noch Jungfrau bist?« fragte er.

»Du brauchst es gar nicht so klingen zu lassen, als wäre das irgendeine widerliche Krankheit. Ich kann dir versichern, daß es nicht ansteckend ist«, antwortete sie bissig. Dann ging sie zum Fenster und atmete tief die kühle Luft ein, während sie sich bemühte, wieder einen klaren Kopf zu bekommen.

Warum war sie nicht in ihrem Labor geblieben, wo sie alles unter Kontrolle hatte? Warum mußte sie sich so ganz ohne Erfahrung in diese Affäre stürzen, wo sie doch genau wußte, daß nur eins dabei herauskommen konnte: daß sie sich total zum Narren machte?

Allison hielt den Blick starr auf den Horizont gerichtet, auch dann noch, als Spencer hinter sie trat. Nur als er ihr die Hände auf die Schultern legte, zuckte sie unwillkürlich zusammen.

»Nun komm schon, Allison«, meinte er beruhigend. »Ich habe dir doch schon mal gesagt, daß ich gar nicht daran denke, dich zu etwas zu zwingen.« Er drehte sie sanft zu sich herum.

»Ich schwöre dir, Allison, daß es mir leid tut«, fuhr Spencer fort. »Aber ich hatte wirklich keine Ahnung, daß du noch unberührt bist. Ich habe fest geglaubt, du hättest schon mal mit einem Mann geschlafen.« Dabei strich er ihr zärtlich übers Haar, und Allison glaubte, einen hingehauchten Kuß zu spüren.

»Und dann bin ich einfach über dich hergefallen. Kein Wunder, daß du so verschreckt warst. Von jetzt an, Allison, wirst du bestimmen, wie es weitergeht. Wir haben viel Zeit. Okay?«

Allison verstand sich selbst nicht mehr. Noch vor ein paar Minuten wäre sie am liebsten vor der wilden Leidenschaft dieses Mannes bis ans Ende der Welt geflohen, aber nun erregte die Zärtlichkeit, die aus seinen Worten klang, sie fast genauso wie vorhin sein Begehren.

Schließlich hob sie den Kopf und sah Spencer an. »Ich könnte es wirklich verstehen, wenn du mich nun lieber nach Atlanta zurückschicken möchtest.«

Spencer betrachtete sie einen Moment, nahm ihren Anblick ganz in sich auf, bevor er antwortete. »Kommt gar nicht in Frage, Allison«, flüsterte er ihr zu. »Du hast nicht die geringste Chance, mich so schnell loszuwerden.«

Er hätte sie am liebsten in die Arme genommen und sie stürmisch geküßt, aber er wandte sich statt dessen ab und holte einmal tief Luft.

»Dir ist jetzt bestimmt auch nicht nach Kochen

zumute, oder?« fragte er. »Was hältst du davon, wenn wir heute abend essen gehen?«

Genau das war es, was Allison jetzt brauchte: Leute und Leben um sich herum, Ablenkung von ihren Problemen. An Bord zu bleiben dagegen hieße, die Spannung zwischen ihnen nur noch zu verstärken. Sie nickte. »Das hört sich prima an. Ich muß mich nur noch schnell duschen und umziehen.«

»Gut. Ich werde an Deck warten, bis du fertig bist.«

Als Allison fertig geduscht war, wickelte sie sich in ein Handtuch und lief zur Treppe, um Spencer Bescheid zu sagen, daß er nun das Bad benutzen konnte.

Spencer nahm jeweils zwei Stufen auf einmal, als er herunterkam, aber als er Allison am Fuß der Treppe erblickte, blieb er abrupt stehen.

»Ich zieh' mich um, während du im Bad bist« sagte sie schnell und drehte sich um.

»Tu das«, antwortete er, und seine Stimme klang sehr rauh.

Allison zog eins ihrer neuen Kleider an, dessen Oberteil eng wie eine zweite Haut an ihrem Oberkörper anlag. Während sie sich im Spiegel betrachtete, ahnte sie schon, wie Spencer darauf reagieren würde.

Und sie hatte recht gehabt. Als Spencer wieder an Deck auftauchte und sie sah, blieb sein Blick unwillkürlich an ihrer Brust hängen. Allison zuckte verlegen mit den Schultern. »Ich kann auch nichts dafür«, meinte sie entschuldigend. »Ann, diese Verrückte, hat all meine BHs heimlich wieder ausgepackt.«

Spencer mußte sich erst einmal räuspern. »Allison, laß uns bloß schnell von der Jacht verschwinden, sonst gehen all meine guten Vorsätze zum Teufel!«

8

Während des Dinners erwies Spencer sich als vollendeter Gentleman, auch wenn Allison merkte, daß es ihm schwerfiel, seine Gefühle zu unterdrücken. Sie hätte nie geglaubt, daß irgend etwas je seine Selbstsicherheit erschüttern könnte, aber nun war er nervös und entsetzlich unruhig. Immer wieder wanderte sein Blick zu ihrer Brust, und jedesmal nahm sein Gesicht einen leicht gequälten Ausdruck an.

Beinahe hätte Allison Mitleid mit ihm gehabt, aber dafür fand sie das Gefühl, daß sie, Allison, dafür verantwortlich war, viel zu aufregend.

Beide waren bemüht, ständig die Unterhaltung in Gang zu halten, aber jedes Thema, das sich nur irgendwie auf sie selbst bezog, wurde peinlich vermieden.

»Wie ich feststelle, bist *du* gegen Meerestiere nicht allergisch«, bemerkte Spencer, als Allison sich über eine Riesenportion Scampi hermachte.

Sie lachte. »Nein, aber dafür mag ich kein halbrohes Fleisch. Kannst du dir vorstellen, wie ich gelitten habe, als ich dieses schrecklich blutige Steak hinunterwürgen mußte?« Noch im Nachhinein schauderte sie.

»Das ist, warum du mir von Anfang an so gut gefallen hast. Du hast dich einfach nicht unterkriegen lassen.« Über den Tisch griff er nach ihrer Hand. »Das einzige, was ich einfach nicht begreifen konnte, war, warum du Sachen getan hast, die du ganz offensichtlich überhaupt nicht tun wolltest, nur um einem Verlobten Freude zu machen, den du gar nicht liebtest.«

»Du bist ein sehr einfühlsamer Mann, Spencer.«

»Wenn du wüßtest, was ich sonst noch gefühlt habe, würdest du jetzt rot werden.«

Sie wurde auch so rot.

Nach dem Essen schlenderten sie durch den Ort, bis sie sich am Pier auf eine niedrige Steinmauer setzten und eine Show ansahen, die unter freiem Himmel dargeboten wurde.

Als die Show endlich zu Ende war, erhoben sie sich wieder. Spencer, der nicht in der Menge von Allison getrennt werden wollte, hielt sie an sich gedrückt, die Hände von hinten fest um ihre Taille gelegt. Unwillkürlich genoß Allison die enge Berührung, und es erregte sie, Spencers Körper so nahe an sich zu spüren. Sie merkte, wie auch Spencer schneller zu atmen anfing.

Während sie sich auf den Weg zurück zur Jacht machten, bemühten sich beide, möglichst unbeteiligt zu wirken, aber es gelang ihnen nicht so recht. Kaum war Allison wieder an Bord, da kehrte ihre alte Scheu zurück.

»Möchtest du noch ein Glas Wein haben?« erkundigte sich Spencer.

»Nein, danke.« Sie spürte die zwei Gläser Wein immer noch, die sie während des Essens getrunken hatte, und lächelte schwach. »Ich fürchte«, fügte Allison hinzu, »ich bin beim Trinken genausowenig in Form wie bei anderen Sachen.«

»Aber eins kannst du hervorragend«, antwortete Spencer spöttisch, »nämlich dich selbst herabsetzen!«

Er wandte ihr den Rücken zu und ging zur Reling, doch gleich darauf kam er wieder zurück.

»Allison, merk dir das jetzt ein für alle Mal: Wenn ich dich nicht hier haben wollte, wärst du jetzt nicht hier, ist das klar? Und hör endlich auf, dich ewig dafür zu entschuldigen, daß du überhaupt existierst! Es macht mich wahnsinnig! Sag mir lieber, was du mit dem angebrochenen Abend noch machen willst. Du kannst fernsehen, Musik hören, Karten spielen oder was dir sonst gefällt.«

Allison wurde plötzlich wütend. War er verrückt, daß er sie so anschrie?

»Ich gehe ins Bett«, informierte sie ihn kühl. »Es war ein langer Tag.«

Sie war schon halb an ihm vorbei, als er sie festhielt und zu sich herumdrehte. Er zog sie eng an sich und bog ihren Kopf leicht zurück, so daß sie ihn ansehen mußte.

Spencer grinste sie an. »Du kannst noch etwas ganz prima«, fing er an. »Ich habe noch nie eine Frau gekannt, die so schnell an die Decke geht wie du.« Wieder grinste er. »Das muß wohl an den roten Haaren liegen. Aber ich mag das. Dein Temperament zieht mich unwahrscheinlich an.«

Während er sie betrachtete, schien er sich jede Einzelheit ihres Gesichts einprägen zu wollen, dann wanderte sein Blick wieder zu ihren Brüsten.

Sein ganzer Körper brannte vor Verlangen nach Allison, doch Spencer erinnerte sich wieder an sein Versprechen. Wenn er sie jetzt küßte, würde er sich nicht mehr zurückhalten können – dann aber würde sie ihm nie wieder vertrauen. Und das wußte er: Wenn er nicht zuerst Allisons Vertrauen errang, hatte er keine Chance, je ihren Körper zu gewinnen.

Sanft schob er sie von sich weg. War das Enttäuschung, die flüchtig in ihren Augen aufgeblitzt war?

»Falls du noch etwas brauchst, ruf mich«, sagte er. »Ich werde noch eine Weile hier an Deck bleiben. Gute Nacht, Allison.«

»Gute Nacht.«

An der Treppe hielt Allison noch einmal an und drehte sich um. Spencer stand immer noch an derselben Stelle und blickte ihr hinterher. Plötzlich hatte sie das Gefühl, sie müßte noch etwas sagen.

»Es war ein schöner Abend, Spencer«, meinte sie. »Vielen Dank dafür.«

Als Allison die Laken zurückschlug, stellte sie fest, daß die Bettwäsche aus Seide war. Sie schüttelte den Kopf. Gab es denn wirklich noch Leute, die sich solchen Luxus gönnten?

Dann suchte sie sich aus ihren Sachen ein Shorty heraus. Es war ein schwarzer Hauch von einem

Nichts, aber Ann hatte darauf bestanden, daß sie sich dieses Ding kaufte. Das Oberteil hatte zwei dünne Träger und einen so tiefen Ausschnitt, daß es eigentlich nichts verbarg. Auch das Höschen war so knapp, daß sie sich unwillkürlich fragte, wozu es überhaupt gut war.

Ach, was soll's, dachte Allison, zog das Shorty an und legte sich zwischen die kühlen Laken. Aber sie konnte und konnte nicht einschlafen.

Schließlich hörte sie Spencer die Treppe herunterkommen und ins Bad gehen. Als er das Zimmer betrat, lag sie da wie erstarrt, und als sie an den Geräuschen erkannte, daß er sich auszog, hielt sie die Augen krampfhaft geschlossen. Doch als er schließlich neben ihr in das große Bett stieg, riß Allison die Augen auf und richtete sich empört auf.

»Was machst du hier?« fuhr sie ihn an.

Spencer hatte gerade die Decke hochziehen wollen, doch nun hielt er mitten in der Bewegung inne. Allison konnte ihn im hellen Mondlicht ganz deutlich erkennen, aber irgendwie erschien er ihr plötzlich unwirklich, wenn auch nicht weniger begehrenswert.

»Ich will schlafen«, antwortete er ruhig.

Allison war davon so irritiert, daß sie gar nicht mehr daran dachte, wieviel das Shorty von ihren Brüsten preisgab. Erst Spencers Blick brachte ihr dies wieder in Erinnerung, und schnell zog sie ihre Decke hoch.

»Du kannst hier aber nicht schlafen«, widersprach sie.

»Wetten, daß ich das doch kann?« Spencer streckte sich aus, legte seinen Kopf auf das Kissen und seufzte zufrieden. Dann verschränkte er die Hände hinter dem Kopf und gähnte.

Als Allison ihn weiterhin anstarrte, fragte er ganz unschuldig: »Hast du eigentlich vor, die ganze Nacht im Sitzen zu schlafen?«

Allison konnte ihren Blick nicht von seinem gutgebauten, muskulösen Körper wenden, und seine Männlichkeit raubte ihr fast den Atem. Es dauerte einige Zeit, bis sie etwas erwidern konnte.

»Ich denke gar nicht daran, hier zu schlafen, jedenfalls nicht, solange du in diesem Bett liegst«, erklärte sie. Während sie die Decke immer noch vor sich hielt, schwang sie die Beine an ihrer Seite aus dem Bett und wollte aufstehen.

Doch schon griff Spencer nach ihr und erwischte sie an ihrem Höschen. »O doch, das wirst du wohl«, sagte er, während er den dünnen schwarzen Stoff um seine Hand wickelte.

Zum zweitenmal innerhalb kürzester Zeit erstarrte Allison. Wenn sie jetzt aufstand...

»Laß los!« forderte sie ihn auf.

Doch Spencer lachte nur. »Erst, wenn es in der Hölle friert, mein Schatz«, antwortete er. »Aber du kannst trotzdem aufstehen, wenn du willst.«

»Du bist ein Ekel.«

»Aber, aber«, tadelte er. »Sag doch nicht so was!« Allison schluckte, als er ein bißchen an dem Stoff zog. »Hm, sehr hübsch«, fuhr Spencer fort. »Rund und weich. Und wenn du mir diese Ansicht nicht die ganze Nacht gönnen willst, dann würde ich dir raten, daß du dich jetzt ganz brav wieder hinlegst.«

Während Allison ihren Stolz hinunterschluckte,

kroch sie langsam wieder ins Bett zurück. Spencer ließ ihr Höschen los, doch nur, um Allison in den Arm zu nehmen und sie so nahe an sich zu ziehen, daß sie halb auf ihm landete. Dabei rutschte ihr Oberteil hoch. Immer noch hielt er sie fest, und Allison stützte sich mit beiden Armen neben ihm ab und sah hinunter auf sein Gesicht.

»Die Aussicht von hier ist auch nicht schlecht«, meinte er und starrte ungeniert in ihren Ausschnitt.

Allison versuchte, sich von ihm freizumachen. »Du bist nicht nur ein Ekel, du bist auch ein Lustmolch, pervers und . . .«

»Allison, Allison«, unterbrach Spencer sie. »Wirklich, eines Tages wirst du dich selbst noch in Teufels Küche bringen, unbeherrscht wie du bist!«

»Laß mich los!« bat sie ihn.

Doch wieder lachte er nur. »Jetzt, wo ich gerade so angenehme Gefühle habe, weil du auf mir liegst? Aber vielleicht solltest du lieber aufhören, dich hin und her zu bewegen, sonst kann ich für nichts mehr garantieren.«

Augenblicklich erstarrte Allison. Mit großen, ängstlichen Augen blickte sie auf Spencer hinab.

»Und kann ich dir jetzt endlich erzählen, was ich dir schon die ganze Zeit hatte sagen wollen?« fuhr Spencer fort.

»Ja«, antwortete Allison. Auch sie konnte die Wirkung spüren, die sie bei Spencer hervorgerufen hatte, und sie ertappte sich dabei, wie sie sich wünschte, sie könnte sich ganz eng an ihn schmiegen und jeden Zentimeter seines Körpers erforschen.

»Gut.« Spencer lockerte seinen Griff, und Allison konnte sich von ihm herunterrollen, aber noch immer hielt er sie leicht fest. Allison versuchte, jeden Kontakt zwischen ihnen zu vermeiden, aber Spencer lächelte nur, als er das bemerkte. Er merkte auch, daß ihr Atem schnell ging, und wenn er nur ein winziges bißchen von Frauen verstand, dann wußte er, daß auch sie erregt war.

»Das hier ist das einzige Bett auf der ganzen Jacht«, fing er an.

»Du könntest doch auf einem der Sofas schlafen.«

»Stimmt, das könnte ich, aber ich will nicht.«

»Dann werde ich es eben tun!«

»Nein, Allison«, sagte er. »Du weißt doch genau, warum wir beide hier zusammen sind, oder?« Allison nickte. »Dann solltest du dich zunächst mal daran gewöhnen, mit einem Mann das Bett zu teilen, seinen Körper die ganze Zeit nahe an deinem zu spüren.«

Allison schluckte. »Du hast wohl recht«, antwortete sie dann leise.

»Gut. Und jetzt sei brav und gib mir einen Gute-Nacht-Kuß, und dann können wir beide endlich schlafen.«

Allison berührte flüchtig mit ihren Lippen seinen Mund. »Gute Nacht« murmelte sie.

»Allison!« meinte Spencer, als sie sich auf die andere Seite drehen wollte. »Das soll ein Kuß gewesen sein? Küsse ich dich vielleicht auch so?«

Allison, die rot geworden war, wandte sich ihm wieder zu. »Nein.«

»Dann küß mich jetzt richtig. Das hast du doch schon ein paarmal getan.«

Als sie zögerte, nahm er ihre Hand und legte sie auf sein Herz. »Bitte, küß mich, Allison!« wiederholte er.

Allison betrachtete ihn eine ganze Weile, während sie nur daran dachte, wie sehr ihr dieses gutgeschnittene, kühne Gesicht gefiel, daß es sie irgendwie rührte, daß sein Haar so zerzaust war, daß sie diesen Mann liebte – und plötzlich fiel es ihr leicht, sich vorzubeugen und mit ihrem Mund seinen zu berühren.

Spencer lag ruhig und regungslos da. Seine Lippen blieben geschlossen. Allison küßte ihn fester, aber immer noch reagierte er nicht. Sie zögerte einen Moment, dann versuchte sie, mit ihrer Zunge zwischen seine Lippen zu dringen, und als Spencer leicht aufstöhnte, wurde sie mutiger.

Plötzlich gab Spencer nach, und Allison küßte ihn voller Leidenschaft. Sie hatte sich ein Stück hochgezogen, und nun hielt sie seinen Kopf mit beiden Händen fest, während ihr langes Haar wie ein dichter Vorhang über ihre Gesichter fiel. Spencer drückte sie mit einer Hand fester an sich, während er mit der anderen durch ihr Haar fuhr. Unwillkürlich drängte sie sich an seinen Körper. Doch auf einmal schob Spencer sie von sich weg und richtete sich auf. Er umspannte seine Knie mit seinen Armen und legte seinen Kopf darauf. Allison merkte, wie schwer er atmete.

Allerdings hatte auch ihr Atem sich beschleunigt, und nun lehnte sie sich in die Kissen zurück. Wie lange hatte dieser Kuß gedauert? Eine Minute? Eine Stunde? Die Zeit schien plötzlich unwichtig geworden zu sein, und nichts außer seinem Mund, seinen Händen zählte mehr.

Schließlich seufzte Spencer und streckte sich wieder

aus. Er blickte Allison zärtlich an und strich ihr eine Strähne hinter das Ohr.

»Habe ich irgend etwas falsch gemacht, Spencer?« erkundigte sich Allison leise.

Er lächelte. »Nein, Allison, du hast nichts falsch gemacht. Du warst perfekt. Zu perfekt, verstehst du?«

Als Allison klar wurde, was er damit meinte, streckte auch sie sich schnell aus und achtete darauf, daß sie ihn nicht berührte.

»Ja, ich glaube, ich verstehe, was du meinst«, antwortete sie.

Spencer nahm ihre Hand und drückte einen Kuß darauf. »Gute Nacht, Liebes.«

»Gute Nacht.«

Dann wandte er sich von ihr ab. Keiner von ihnen beiden bewegte sich oder sprach noch ein Wort, aber Allison war sicher, daß Spencer genau solche Mühe hatte einzuschlafen wie sie.

Allison erwachte davon, daß sie spürte, wie sich das Boot bewegte. Schnell sah sie sich um – sie lag allein im Bett – und dann sprang sie auf und lief zum Fenster. Die Küste war nur noch als schmale Linie am Horizont zu erkennen.

Allison ging ins Bad, dann begab sie sich an Deck. Spencer stand am Steuerrad und blickte hinaus auf den Atlantik. Er hatte sie nicht bemerkt. Und weil Allison ihn auch nicht stören wollte und ihr Magen vernehmlich knurrte, lief sie in die Kombüse.

Eine Kanne Kaffee schien nur auf sie gewartet zu haben, aber sonst deutete noch nichts auf ein Frühstück hin. Es dauerte nur ein paar Minuten, da brutzelte schon der Schinken in der Pfanne.

Eine Viertelstunde später erschien sie wieder an Deck. »Hat der Kapitän dieser herrlichen Jacht schon sein Frühstück gehabt?« rief sie Spencer zu.

Er drehte sich um, und seine Augen leuchteten auf, als er Allison erblickte. »Nein«, antwortete er.

»Möchte er eins?«

Statt einer Antwort stellte er den Motor ab und folgte ihr in die Kombüse. Allison hatte den Tisch schon gedeckt, und Spencer lief das Wasser im Mund zusammen, als er den knusprigen Speck, die Brötchen, die Eier und die Marmelade sah.

»Ist das alles für mich?«

»Bist du der Kapitän?«

»Ja.«

»Dann ist es auch für dich.«

Spencer rückte Allison den Stuhl zurecht, bevor er sich selbst setzte und das Frühstück in Angriff nahm.

»Das war wirklich toll«, meinte er schließlich zufrieden. »Ich wußte gar nicht, daß du auch kochen kannst.«

»Du hast mich ja nicht danach gefragt«, antwortete sie und fügte in Gedanken hinzu: Du hast mich nach einer Menge Dinge nicht gefragt! Doch dann wechselte sie schnell das Thema und erkundigte sich: »Wohin fahren wir eigentlich?«

Dabei war es ihr im Grunde egal, welches Ziel er hatte, solange sie nur bei ihm sein konnte.

»Ich dachte mir, es wäre ganz nett, wenn wir eine Weile einfach nur kreuzen. Ich wollte dich nämlich mit meinen seemännischen Kenntnissen ein bißchen beeindrucken.«

»Kann ich das Boot auch mal steuern?« wollte Allison wissen.

»Aber erst, nachdem du gespült hast«, erwiderte Spencer.

»Okay«, meinte Allison und stand auf, um das Geschirr in die Spüle zu stellen. »Aber dafür mußt du das Bett machen.«

»He, das ist Meuterei«, beschwerte er sich.

»Nein, nur fair, sonst nichts!«

»In Ordnung«, stimmte er zu und gab Allison einen Klaps auf den Po, als er wieder nach draußen ging.

Sie sahen nur wenige Schiffe, und auch die nur aus weiter Entfernung. Spencer hatte Allison, die auf seinem Schoß saß, das Steuer übernehmen lassen. Allison fand es aufregend, die Jacht zu steuern, aber noch aufregender war es, Spencers Hände auf ihrem Körper zu spüren. Sie trug zu den knappen Shorts nur ein dünnes Top, und Spencer hatte seine Hände auf ihre Oberschenkel gelegt, während er an ihrer Schulter knabberte.

»Paß auf, daß du kein Schiff rammst, das größer ist als wir«, murmelte er vor sich hin.

»Wie wär's, wenn du mich ein bißchen unterstützt?« fragte sie. »Ich bin an so eine große Jacht schließlich nicht gewöhnt.«

Spencer schlang von hinten seine Arme um sie und legte sein Kinn auf ihre Schulter, während er mit dem Daumen leicht über ihren Bauch strich.

»Du machst dich nicht schlecht, Allison«, bemerkte

er, als seine Finger zu ihrer Brust wanderten. »Sie reagiert auf die kleinste Berührung.«

»Sprichst du eigentlich von der Jacht?« erkundigte Allison sich leicht atemlos.

»Klar«, versicherte Spencer ihr. »Wovon denn sonst?« Aber immerhin begaben seine Finger sich wieder auf neutraleres Gebiet.

Als Allison keine Lust mehr hatte, das Boot weiter zu steuern, stellte Spencer wieder den Motor aus. »Die See ist ruhig, und es ist ein wundervoller Tag«, sagte er. »Was hältst du davon, wenn wir hier Anker werfen und den ganzen Nachmittag nur faulenzen?«

»Das ist eine herrliche Idee«, stimmte Allison zu.

Während Spencer ein Tablett mit Kleinigkeiten zum Knabbern fertig machte, lief Allison schnell ins Schlafzimmer und zog ihren neuen Bikini an. Doch Spencer ließ das Tablett fast fallen, als er an Deck kam und Allison in einem der Liegestühle entdeckte. Ihr Bikini bestand aus nichts anderem als vier winzigen Stückchen Stoff, die nur von schmalen Bändchen zusammengehalten wurden. Ein bißchen unsicher meinte sie: »Ann hat darauf bestanden, daß ich dieses Ding kaufe.«

»Erinnere mich daran, daß ich mich bei ihr dafür bedanke, wenn wir wieder zurück sind«, antwortete er, während er fasziniert auf ihre Brüste starrte, die so gut wie gar nicht von dem Oberteil verdeckt wurden. Er schien seine Augen nicht abwenden zu können.

»Spencer, hör auf!« rief Allison. »Wenn du nicht sofort aufhörst mich anzusehen, als wolltest du gleich über mich herfallen, dann gehe ich nach unten und ziehe mich um. Es irritiert mich schrecklich!«

Spencer grinste und zuckte mit den Schultern.

»Kannst du mir bitte etwas zu trinken geben?« fragte Allison, um ihn abzulenken, aber als sie sich vorbeugte, um die Flasche zu nehmen, die er für sie geöffnet hatte und ihr nun hinhielt, erreichte sie genau das Gegenteil.

Wieder grinste Spencer, dann begann er, sich auszuziehen. Jetzt war es Allison, die ihren Blick nicht abwenden konnte.

Er sah ja schon in normaler Kleidung unheimlich gut aus, aber nun, in der knappen blauen Badehose, wirkte er einfach umwerfend.

»Möchtest du eine Kleinigkeit essen?« fragte Spencer in diesem Augenblick.

»Ja«, antwortete Allison, froh, daß sie sich auf etwas anderes konzentrieren konnte.

Während sie aßen, erkundigte Allison sich nach seinem Leben an Bord.

»Fühlst du dich eigentlich nie einsam?« wollte sie wissen.

»Doch, manchmal schon«, gab er zu und strich leicht mit dem Finger über die Innenseite ihres Arms. »Und vielleicht höre ich auch bald damit auf, über die Meere zu kreuzen.«

»Hast du auch schon einmal richtig Angst gehabt, wenn du allein mitten auf dem Ozean warst? Während eines Sturms zum Beispiel?«

»Ja, auch das. Aber ich versuche, die Schlechtwettergebiete möglichst zu vermeiden. Meine Geschäfte sind nie so drängend, daß sie nicht auch ein paar Tage warten könnten.«

»Was für Geschäfte sind denn das?«

»Weißt du eigentlich, daß du einen ausgesprochen schönen Busen hast?«

»Du lenkst vom Thema ab«, beschwerte sich Allison.

»Nein, du lenkst mich ab«, widersprach Spencer. »Immer wenn ich deine Brüste sehe, kann ich an nichts anderes mehr denken.«

Allison fühlte sich viel zu wohl, um gegen diese Bemerkung zu protestieren. Sie gähnte und streckte sich. »Ich bin rundherum satt und unglaublich müde«, erklärte sie. »Ich glaube, ich werde ein kleines Schläfchen halten. Und was wirst du machen?«

»Hier neben dir sitzen bleiben und dich beim Schlafen beobachten.«

Allison rollte sich auf den Bauch und seufzte. »Hm, die Sonne ist so schön – he, was tust du da?«

»Dein Oberteil aufmachen«, antwortete Spencer.

»Das weiß ich auch – aber warum?«

»Damit du keinen häßlichen weißen Streifen auf dem Rücken hast.« Er küßte sie auf die Schulter. »Außerdem muß ich dich einreiben, damit du keinen Sonnenbrand bekommst. Und jetzt sei still und schlafe!«

»In Ordnung«, murmelte sie vor sich hin und gähnte wieder. Spencers Berührungen waren so angenehm, daß sie schon einschlief, während er sie noch mit der Sonnencreme einrieb.

Spencer lehnte sich wieder in seinen Liegestuhl zurück und betrachtete nachdenklich die Frau neben sich. Allison hatte ihr Haar wieder zusammengebunden, aber nicht in der strengen Art wie sonst, sondern nur locker zusammengedreht, und ein paar Strähnen hatten sich gelöst und ringelten sich weich in ihrem Nacken.

Die Sonne setzte funkelnde Lichter in ihr Haar. Sie wirkte ein wenig zerzaust und unbekümmert, und dieser Gegensatz zu ihrer sonstigen Beherrschtheit und Perfektion gab ihm wieder Hoffnung.

Allisons Haut war nicht so hell wie die vieler anderer Rothaariger, und sie schien so weich zu sein, daß Spencer unwillkürlich den Wunsch hatte, darüber zu streichen, damit er diese Weichheit auch spüren konnte. Ihr Körper war einfach perfekt geformt, und am liebsten hätte Spencer mit seinen Lippen jeden einzelnen Zentimeter davon erforscht.

Und plötzlich erkannte Spencer, daß er Allison nicht nur körperlich begehrte, sondern daß er mehr haben wollte. Er wollte alles an ihr kennenlernen, ihre Gedanken, ihre Ängste, ihre Unsicherheiten, ihre Unschuld. Ihr Temperament riß ihn mit und ließ sie für ihn nur noch begehrenswerter erscheinen. Er wollte sie in die Geheimnisse der Liebe einführen, alles mit ihr teilen und all das, was sie so einmalig machte, herausfinden.

War das Liebe?

Nun, was sonst konnte es sein? In den letzten Tagen war ihm immer klarer geworden, daß, wenn er erst einmal mit ihr geschlafen hatte, dies nicht das Ende, sondern ein Anfang war. Solche Gefühle hatte er noch nie einer Frau gegenüber gehabt. Erst seit er Allison kannte, sehnte er sich mit ganzem Herzen danach, daß diese Frau ihm vollkommen und in jeder Beziehung gehören möge. Und er wollte sie nie wieder aus seinem Leben gehen lassen.

Allison hatte den Arm unter den Kopf geschoben, und Spencer konnte den Ansatz ihrer Brust erkennen. So sehr, daß es fast schmerzte, sehnte er sich danach, diese Brust mit seiner Hand zu umschließen, zu spüren, wie sie sich versteifte, er wollte sie küssen, sie mit seiner Zunge erregen, wollte hören, wie Allison vor Lust dabei leise seufzte.

Diese Gedanken brachten ihn noch um! Nur mit Mühe schaffte er es aufzustehen. Er ging zu dem Verschlag, in dem die Leiter aufbewahrt wurde, die er an der Reling einhaken konnte, holte sie heraus und befestigte sie.

Dann, mit einem letzten Blick auf die Frau, die seine Gefühle und seinen Körper so vollkommen beherrschte, sprang Spencer in das kühle Wasser.

9

Allison konnte nicht sagen, was sie geweckt hatte oder warum sie mit klopfendem Herzen aufgewacht war. Sie richtete sich plötzlich in dem Liegestuhl auf und achtete gar nicht darauf, daß ihr Bikinioberteil zu Boden fiel.

Spencer lag nicht länger in dem Stuhl neben ihr. »Spencer?« rief sie und blinzelte in die Sonne. Sie stand auf und suchte das Deck nach ihm ab. »Spencer?« wiederholte sie noch einmal lauter.

Immer wieder rief sie seinen Namen, während sie über das Deck rannte. Sie lief ins Steuerhaus, sah im Salon, in der Kombüse und im Schlafzimmer nach.

Spencer war nicht auf der Jacht!

»Spencer!« rief sie wieder, als sie zurück an Deck kam. »Spencer!«

»Hier, Allison.« Ihr Herz klopfte zum Zerspringen, als sie ihn hörte. Hatte sie sich geirrt, oder klang seine Stimme wirklich vom Wasser zu ihr herauf? »Spencer, wo bist du?« fragte sie, während sie zur Reling lief.

»Hier, Steuerbord«, antwortete er. Allison stürzte zur anderen Seite, aber sie konnte ihn immer noch nicht entdecken.

»Allison, ist irgend etwas nicht in Ordnung?« Besorgnis schwang nun in seiner Stimme mit. Und dann, als er noch einmal ihren Namen rief, sah Allison die Leiter und bemerkte, daß Spencer gerade dabei war, an Deck zu klettern.

»Du bist geschwommen«, meinte sie ungläubig. »Geschwommen!«

»Was dachtest du denn? Allison, sag, stimmt etwas nicht?«

In diesem Augenblick schwang er sich über die Reling und kam auf Allison zu.

»Ob etwas nicht stimmt?« fragte sie zurück. »Ich habe mich halb zu Tode um dich geängstigt. Ich bin aufgewacht, und du warst nicht da. Ich war ganz allein hier draußen mitten auf dem Atlantik, und ich weiß noch nicht einmal, wie man dieses Boot wieder in Fahrt kriegt! Und ...«

Plötzlich begann Allison zu weinen. Sofort nahm Spencer sie in den Arm, drückte sie fest und beruhigend an sich, und Allison schlang ihre Arme um seine Taille. Keiner achtete dabei darauf, daß Spencer noch über und über naß war.

»Tut mir leid, daß du meinetwegen Angst gehabt hast, Allison«, entschuldigte er sich. »Aber für mich ist es schon so selbstverständlich, von Bord aus schwimmen zu gehen, daß ich gar nicht daran gedacht habe, dir Bescheid zu sagen. Geht es dir jetzt wieder besser, Liebes?«

Sanft hob er ihren Kopf zu sich an, und Wasser tropfte aus seinem Haar auf Allison.

Sie lächelte Spencer schwach an. »Ich komme mir jetzt so dumm vor, und ich weiß schon gar nicht mehr, warum ich in Panik geraten bin. Aber ich habe mich so verloren gefühlt und . . .« Sie unterbrach sich, verwirrt durch die Zärtlichkeit, die sie in seinen Augen erkannte.

Und im selben Augenblick wurde ihnen beiden bewußt, daß sie sich halbnackt umklammert hielten. Sie sahen sich an und wußten plötzlich, daß zwischen ihnen keine Worte mehr nötig waren.

Unwillkürlich stellte Allison sich auf Zehenspitzen, als sie ihre Arme um Spencers Nacken legte und sich enger an ihn schmiegte.

Und dann küßten sie sich. Spencers Lippen waren kühl, aber sein Kuß war so heiß, daß es Allison fast den Atem nahm. Es schien eine Ewigkeit, bis sie sich beide wieder voneinander lösten. Allison schmeckte Salz auf ihren Lippen, und Spencer stöhnte auf, als er ihre harten Brustwarzen an seinem Körper fühlte.

Sanft schob er sie ein Stück von sich weg und sah sie an. Sie verstand die Frage in seinen Augen.

Ihre Finger zitterten, als sie seinen Mund berührte, und sie schloß die Augen, als sie ihm zuflüsterte: »Bitte, Spencer, schlaf mit mir.«

Ohne ein Wort zu sagen, nahm er Allison bei der Hand und ging mit ihr unter Deck. Im Schlafzimmer war es kühl und dämmrig, und eine leichte Brise bauschte die Vorhänge.

»Zuerst hier hinein«, meinte er und schob sie vor sich in das Bad.

»Warum?« wollte Allison wissen.

»Weil du ganz schlüpfrig von dem Sonnenöl bist«,

erklärte er, während er die Dusche anstellte, »und weil ich das gerne festhalten möchte, was ich einmal in meinen Händen habe.« Er lachte. »Außerdem habe ich Salz auf der Haut, und wenn ich nichts dagegen tue, fängt es an zu jucken. Und ich möchte gleich durch nichts gestört werden.«

Spencer stieg in das Duschbecken und zog Allison hinter sich her. Sie standen so eng beieinander, daß das Wasser kaum zwischen ihren Körpern herunterlaufen konnte. Dann drückte er Allison ein Stück Seife in die Hand und meinte: »Wenn du mich jetzt wäschst, werde ich dir gleich auch diesen Gefallen tun.«

Allison begann, seinen Hals und seinen Rücken einzuschäumen, dann ließ sie ihre Hände langsam tiefer gleiten, wobei sie unbewußt registrierte, wie kräftig seine Muskeln waren. Schließlich seifte sie seine Brust ein, und impulsiv drückte sie einen Kuß auf seinen Hals. Spencer nahm ihr Gesicht in beide Hände und küßte sie lange und leidenschaftlich, bevor er sie weitermachen ließ.

Allisons Hände strichen über seine Brust, und sie lächelte Spencer an, als sie mit einer seiner Brustwarzen spielte.

»Denk dran, daß ich dir nachher gleiches mit gleichem vergelte«, brummte er, aber sie spürte, daß er die Berührung genoß, und er hinderte sie nicht daran, seinen Körper weiter zu erforschen.

Mit einer schnellen Bewegung zog Spencer sich seine Badehose aus. Allison hielt den Atem an und hoffte, daß er nicht von ihr verlangte, wozu sie noch nicht bereit war. Aber er hielt ihr nur die Hand hin, um selbst die Seife zu nehmen.

Allison reichte sie ihm schweigend, und ebenso schweigend begann er, ihren Rücken zu waschen. Dann drehte er sie wieder zu sich herum.

Sie schloß ihre Augen, als sie seine Hände auf ihren Brüsten spürte.

»Ist das schön?« fragte Spencer leise.

Allison nickte.

»Für mich auch«, meinte er.

Spencer seifte ihren ganzen Oberkörper ein, und seine Hände trieben ein erregendes Spiel mit ihren Empfindungen. Seine Finger strichen seitwärts über ihre Brüste, hinauf und wieder hinunter, bis ihr ganzer Körper nichts mehr als seine Berührungen wahrnahm. Allisons Brustwarzen versteiften sich, als er ihre Brüste mit seinen Händen bedeckte und seine Daumen sanft, aber bestimmt kreisen ließ.

Sie schlang ihre Arme um Spencers Hals und schmiegte sich eng an ihn. »Ich kann es kaum noch aushalten«, flüsterte sie ihm zu.

Spencer lachte leise. »Dabei haben wir gerade erst angefangen, mein Liebling«, flüsterte er zurück, und dann küßte er sie.

Spencers Hände glitten unter ihren Bikinislip, und seine Hände schlossen sich um ihren Po. »Darf ich?« fragte er und fing auch schon an, Allison den Slip herunterzuziehen. Sie nickte nur.

Allison, die noch am Tag zuvor allein bei dem Gedanken zurückgeschreckt wäre, nackt vor einem nackten Mann zu stehen, fühlte jetzt nichts anderes als Verlangen.

Spencer zog sie zärtlich an sich, und Allison stöhnte leise auf, als sie seine Erregung so deutlich spürte.

»Ich bin nur ein Mann, das ist alles«, sagte er. »Du brauchst dich nicht vor mir zu fürchten.«

»Ich weiß, Spencer.«

Er drehte sich um und stellte die Dusche ab. Allison stieg aus dem Duschbecken und griff nach einem Handtuch, aber Spencer, der direkt hinter ihr stand, nahm es ihr aus der Hand und sagte: »Ich werde dich abtrocknen.«

Das Handtuch war weich, und Spencers Bewegungen waren zärtlich und sanft. Zuerst tupfte er das Wasser von ihrem Gesicht, dann trocknete er ihre Schultern und ihren Busen. Er kniete sich, um besser ihre Beine abtrocknen zu können, dann richtete er sich wieder auf. »Dreh dich um!« forderte er Allison auf.

Ihr Rücken wurde mit derselben zärtlichen Sorgfalt behandelt, und wieder kniete er sich hin, um ihre Beine zu trocknen. Als er fertig war, warf er das Handtuch einfach zur Seite und schlang seine Arme von hinten um Allison. Seine Hände liebkosten ihren Bauch, und Allison legte ihre Hände über Spencers. Sie sog scharf den Atem ein, als er sie auf eine Stelle knapp über ihrem Po küßte.

»Diese Stelle hat mich schon heute nachmittag fasziniert«, erklärte er, als er wieder aufstand.

Allison wandte ihm das Gesicht zu. »Und mich haben schon immer deine Arme fasziniert.«

Spencer lachte. »Meine Arme?« wiederholte er.

»Ja.« Sie nickte. »Sie sind so schlank, und doch steckt soviel Kraft darin. Und außerdem liebe ich es, wenn du mich ganz fest in ihnen hältst.« Sie drückte einen Kuß auf einen Arm.

Spencer zog Allison zärtlich an sich. »Komm, laß uns jetzt ins Bett gehen.«

Sie ging vor, während Spencer sich so schnell wie möglich selbst abtrocknete. Als er das Schlafzimmer betrat, lag sie schon im Bett und hatte das Laken über ihren Körper gezogen. In scharfem Kontrast hob sich ihr rotes Haar von dem weißen Kissen ab, und ihre grünen Augen funkelten.

Als Spencer näher kam, hielt Allison ihre Augen auf sein Gesicht gerichtet und riskierte keinen Blick auf andere Teile seines Körpers.

Sie hätte das Laken gar nicht hochzuziehen brauchen, denn kaum hatte Spencer sich neben sie gelegt, da schob er es auch schon zur Seite und zog Allison an sich. Sie gab ihm bereitwillig nach, und dennoch spürte er ihre Ängstlichkeit. Er hielt einen Augenblick inne, dann hauchte er einen Kuß auf ihre Lippen.

»Allison, sag mir, wenn ich irgend etwas tue, was dir nicht gefällt oder dir weh tut, ja?« bat er.

»Ja.«

Unvermittelt lächelte er sie an, mit diesem Lächeln, das sie so liebte. »Weißt du eigentlich, daß ich seit damals, als ich zum erstenmal mit dir getanzt habe, mir genau das gewünscht habe: dich nackt hier in meinem Bett zu haben?«

»Du Lügner!« meinte sie. »Ich kann mich noch gut daran erinnern, wie du zu mir ins Labor gekommen bist und mir erklärt hast, du wolltest mit Ann schlafen!«

»Dafür hast du ja auch deinen Kaffee auf mich geschüttet!«

Allison lachte. »Vielleicht hätte das ein Warnzeichen für dich sein sollen, daß irgendwas nicht in Ordnung war.«

»O Allison, du bist einfach großartig«, sagte Spencer.

Sie schüttelte den Kopf. »Stimmt nicht«, widersprach sie. »Ich bin nur schrecklich unbeholfen.«

»Aber nicht, wenn's ums Küssen geht«, widersprach er ihr.

Sie wußte genau, daß er mit diesen Bemerkungen nur versuchte, sie zu entspannen, damit sie sich nicht mehr gegen ihn sträubte, aber sie wußte auch, daß er Erfolg damit hatte. Mit jeder Phase ihres Körpers sehnte sie sich nach ihm, und alle Furcht war wie weggewischt.

»Küsse ich denn wirklich so gut?« fragte Allison und zog mit ihren Fingern die Linien seines Gesichts nach.

»Hm«, meinte Spencer nur und spielte mit seinen Lippen in ihrem Mund, dann flüsterte er ihr zu: »Selbst wenn wir nichts anderes tun würden, als uns zu küssen, würdest du mich unwahrscheinlich erregen.«

»Du bist schon erregt«, antwortete sie mit einem Lächeln.

»Laß uns trotzdem noch ein bißchen mit dem Küssen weitermachen.«

Und damit schlossen sich seine Lippen um ihren Mund. Allison spürte, was er mit diesem Kuß ausdrücken wollte, und sie reagierte mit aller Leidenschaft darauf. Und als sie seinen Körper ganz nahe an ihrem spürte, bekam sie noch einmal ganz deutlich bestätigt, was sie doch schon wußte.

Spencer war hart und warm und voller Begehren, und statt vor so viel geballter Männlichkeit zurückzuschrecken, schmiegte Allison sich nur noch enger an ihn.

Ohne damit aufzuhören, sie zu küssen, fing Spencer an, Allisons Körper zu streicheln. Mit einem Arm hielt er sie fest, mit der anderen Hand liebkoste er ihre Brüste.

Allison kam es vor, als hätte er sie noch nie vorher berührt, denn diesmal lösten seine Zärtlichkeiten Gefühle in ihr aus wie noch nie zuvor. Sie drängte sich ihm entgegen, so daß ihre Brüste sich fester in seine Hand drückten, und sie merkte, wie die Berührung ihrer Brustwarzen ihn erregte. »Ich will dich auch mit meinen Lippen fühlen«, flüsterte Spencer ihr zu, als er sich von ihr löste und ihre Brustwarzen nacheinander mit seinem Mund umschloß. Allison stöhnte auf, als seine Zunge sie mehr und mehr erregte.

Spencers Zärtlichkeiten waren so leicht und sanft, daß Allison die Augen öffnen mußte, um sich zu vergewissern, daß sie das nicht alles nur träumte.

»Spencer, bitte!« murmelte sie vor sich hin, und wußte doch selbst nicht, worum sie ihn bat: um Erlösung von dieser süßen Qual oder um Erfüllung. Oder war beides ein und dasselbe?

Spencer hob den Kopf und umfaßte ihren ganzen Körper mit einem Blick. Er ließ sich nicht drängen. Er wollte sich Zeit lassen, jeden Zentimeter ihres begehrenswerten Körpers mit Genuß erforschen.

»Du bist wunderschön, Liebes«, sagte er leise. Er küßte sie sanft auf ihren Bauch, dann ließ er seine Zunge um ihren Nabel kreisen.

Allison hielt einen Augenblick den Atem an. Sie hatte sich nie für jemanden gehalten, der so stark auf sinnliche und zärtliche Berührungen reagieren konnte, aber Spencer hatte ihr das Gegenteil bewiesen. Schritt für Schritt zeigte er ihr, wie wunderschön und aufregend es sein konnte, einen anderen Menschen zu liebkosen und liebkost zu werden.

Seine Hand glitt zu ihrem Knie, und mit sanftem Druck schob er ihre Beine auseinander. Zärtlich strich er über die Innenseiten ihrer Schenkel, dann wanderten seine Finger wieder nach oben. Er begann, sie zwischen ihren Schenkeln zu erforschen, und Allison spürte, daß ihr Körper sofort darauf reagierte.

Spencer stöhnte auf. »Allison, ich tue dir doch nicht weh, oder?«

Allison schüttelte den Kopf. »Spencer, bitte, hör jetzt nicht auf«, flüsterte sie ihm zu. »Es ist so schön, dich da zu spüren.«

Er küßte sie wieder auf den Bauch, dann glitten seine Lippen tiefer, und nun erkundete er mit seinem Mund und seiner Zunge all die Stellen, die eben noch seine Finger berührt hatten.

Allison spürte, wie die Welt um sie herum versank. Es gab nur noch Spencer und ihre, Allisons, Gefühle, die sich ganz in dem Punkt zu konzentrieren schienen, den er so quälend sinnlich liebkoste. Und plötzlich schien alles um sie herum zu explodieren.

Als Allison langsam wieder etwas anderes wahrnahm und die Augen öffnete, merkte sie, daß Spencer nun über ihr lag und mit einer Zärtlichkeit auf sie herablächelte, die ihr mehr als alles andere zeigte, daß er sie liebte. Sie hatte schon den Mund aufgemacht, um etwas zu sagen, doch in diesem Augenblick drang Spencer in sie ein.

Und diese neue, herrliche Empfindung machte sie für einen Augenblick sprachlos. Dann war es, als würde sie seinen Körper schon seit einer Ewigkeit kennen, so perfekt reagierte sie auf jede seiner Bewegungen.

»Es ist unglaublich, Spencer«, brachte Allison schließlich atemlos hervor.

Spencer stöhnte. »Du fühlst dich so wunderbar an«, antwortete er, »und ich halte es nicht mehr lange aus, aber ich möchte, daß es ewig dauert.«

Ihre Hände gruben sich tief in seinen Rücken. »Wegen mir brauchst du dich nicht zurückzuhalten«, flüsterte sie ihm zu. »Glaubst du vielleicht, ich könnte das noch lange ertragen?«

Sie lächelte, als sie spürte, daß Spencer sich nun schneller und kraftvoller bewegte, und sie versuchte, ihm entgegenzukommen. Wieder stöhnte Spencer auf, und dann beugte er den Kopf, um Allison zu küssen. Sein Mund schien mit ihrem zu verschmelzen, und es war mehr als aufreizend, wie sein Körper über ihre empfindsamen Brüste strich. Unruhig warf sie den Kopf hin und her. Sie schrie seinen Namen heraus, als sie endlich den Höhepunkt erreichte, und sie spürte, wie Spencer die Hände zu Fäusten ballte, als auch er von seinen Gefühlen mitgerissen wurde.

Noch eine ganze Weile lagen sie erschöpft beieinander; Allison halb auf der Seite, den Kopf nahe an Spencers Schultern. Sie genoß die Nähe seines Körpers und wie vertraut er ihr jetzt war.

»Du bist zu weit von mir weg«, beschwerte sich plötzlich Spencer.

»Aber wenn ich dir näherkomme, kann ich dich nicht mehr betrachten«, antwortete sie.

»Hm, was können wir nur machen, damit wir beide zufrieden sind?« meinte er lächelnd, und dann wurde sein Lächeln zu einem Lachen, als er sie an sich zog und fragte: »Kannst du dir eigentlich vorstellen, wie glücklich ich jetzt bin?«

Allison lachte auch und nickte. »Ich kann es mir ohne Schwierigkeiten vorstellen, Spencer, ich brauche nur daran zu denken, wie ich mich jetzt fühle.« Plötzlich schwieg sie für einen Moment und wurde ein bißchen nachdenklich. »Komisch, nicht«, fuhr sie dann fort, »ich habe mich immer ein bißchen davor gefürchtet, zum ersten Mal mit einem Mann zu schlafen, weil ich geglaubt habe, es würde weh tun. Dabei habe ich eben gar keinen Schmerz gespürt.«

Spencer grinste selbstzufrieden, während er seine Hand wieder zwischen Allisons Schenkel gleiten ließ. »Du warst eben zu sehr beschäftigt, das war alles.« Dann küßte er sie. »Und jetzt kannst du gar nicht mehr genug davon bekommen, nicht?« fügte er hinzu, als er sie wieder freigegeben hatte.

Allison gab ihm einen leichten Klaps und sah ihn empört an, doch Spencer lachte nur. »He, nicht so stürmisch«, meinte er. »Du hast mich vorhin schon genug massakriert!«

»Wie bitte?«

»Ist dir schon mal aufgefallen, wie lang deine Fingernägel sind?«

Allison richtete sich auf und stemmte die Hände in

die Hüften. »Sag mal, fällt dir eigentlich nichts Galanteres ein, wenn du gerade mit mir geschlafen hast?« Ihre Augen funkelten ihn an.

Spencer jedoch fand nur, daß sie einen überaus reizenden Anblick bot, und er konnte einfach nicht widerstehen, sie von neuem in seine Arme zu ziehen und zu küssen. Als er sie endlich wieder losließ, antwortete er: »Doch, mir fällt sogar eine ganze Menge ein: Erstens, daß es viel zu schön war, als daß ich es richtig ausdrücken könnte, zweitens, daß ich auch nicht genug von dir kriegen kann, drittens, daß ich es genossen habe, daß du gar nicht so streng und schüchtern bist, wie du mir immer weismachen wolltest, und viertens . . .« Er unterbrach sich.

»Und viertens?« wollte Allison wissen.

»Viertens würde ich dir am liebsten jetzt auf der Stelle wieder zeigen, was du mir bedeutest, aber ganz ohne Worte.«

Allison jedoch rückte ein Stück von ihm weg. »Ganz ehrlich, Spencer, bedauerst du eigentlich wirklich nicht, daß du nun mich und nicht Ann hast? Ich meine, Ann war immer die hübschere, die lebhaftere, die charmantere von uns beiden. Sie hat immer Glück, egal, was passiert, während ich ein ganz besonderes Talent dafür habe, mich in die unmöglichsten Situationen hineinzureiten.« Sie übersah es, daß Spencer bei diesem Satz grinste und zustimmend nickte.

»Es stimmt«, beharrte sie, »Ann ist auch viel attraktiver als ich.«

Spencer warf die Arme in die Luft. »Diese Frau macht mich einfach fertig!« Dann, mit einer blitzschnellen Bewegung, drückte er Allison in die Kissen zurück und rollte sich auf sie. »Siehst du nicht, wie ich deswegen leide?« Er hob seinen Körper ein Stück an, so daß Allison unmißverständlich erkennen konnte, was er meinte. Als ihre Augen sich vor neuerwachtem Verlangen verdunkelten, beugte er den Kopf und küßte Allison in die Halsbeuge, dort, wo die Vene verräterisch klopfte. »Glaubst du eigentlich im Ernst, ich hätte mich so sehr um dich bemüht, keine Sekunde locker gelassen und bald den Verstand verloren, wenn du nicht die schönste und begehrenswerteste Frau auf der ganzen Welt für mich wärst?«

Und wie um ihr das auch mit seinem Körper zu beweisen, drang er wieder in sie ein.

»Bitte, Spencer, sag das noch einmal, damit ich es auch wirklich glaube.« Sie klammerte sich mit aller Kraft an ihm fest und schlang ihre Beine um ihn, damit sie ihn noch besser in sich fühlen konnte.

»Ich werde es dir so oft sagen, bis du es nicht mehr hören kannst!«

»Das, Spencer Raft, kann ich mir nicht vorstellen.«

In den nächsten fünf Tagen genoß Allison das Leben so sehr wie noch nie zuvor. Jeden Tag steuerte Spencer die Jacht auf das offene Meer hinaus – »damit wir ungeniert nackt herumlaufen können«, meinte er einmal und gab Allison einen Klaps auf den Po.

Wie habe ich nur je glauben können, daß es nicht schön wäre, nackt zu sein, fragte Allison sich immer wieder. Ihr gefiel es außerordentlich, Spencer zu betrachten, wenn er nichts anhatte – genauso wie ihr alles andere auch gefiel, was er ihr beibrachte. Ihre Sinne waren voll erwacht. Und sie genoß es, ihren Körper im Meer abzukühlen, wenn er von der Liebe erhitzt war.

Sie verbrachten den Abend in Harbor Town und gingen in ein vornehmes Restaurant, oder sie hielten auf Deck ein Picknick ab, dann wieder gönnten sie sich ein intimes Essen im Salon.

Eines Abends machten sie zur Abwechslung eine Fahrt mit dem Auto rund um die Insel. Irgendwann entdeckte Spencer dabei ein verschwiegenes Plätzchen, eine Wiese, die bis zum Strand hinunterführte. Sie gehörte zu einem Haus, das den Eindruck machte, als sei es schon seit längerem nicht mehr bewohnt.

Sie stiegen aus und liefen Hand in Hand zum Strand hinunter, um zu beobachten, wie der Mond über dem Wasser aufging. Große, alte Bäume umgaben die Wiese und schirmten sie gegen neugierige Blicke ab. Als sie wieder zum Auto zurückkehrten, zog Spencer Allison plötzlich unter eine riesige Eiche, von deren ausladenden Ästen Moos herunterhing.

Er zog Allison an sich und küßte sie mit dieser Leidenschaft, die sie in den vergangenen Tagen so gut kennengelernt hatte, eine Leidenschaft, die nie in ihm zu verlöschen schien.

Seine Hände glitten unter ihren Rock und machten sich an ihrem Slip zu schaffen. Als Spencer versuchte, ihr den Slip auszuziehen, löste Allison sich von seinen Lippen und fragte: »He, was machst du da?«

»Weißt du das nicht?« fragte er zurück und drückte Allison sanft auf den Boden, dann schob er ihr das T-Shirt hoch und liebkoste ihre Brust mit seinen Lippen.

»Bitte, Spencer, Darling, hör auf!« bat Allison. »Wir können doch nicht ... wir können doch nicht hier ... Hm, das ist schön ...«

Eifriger nun als Spencer zog sie sich selbst vollends den Slip aus und ließ sich dann in das weiche Gras zurücksinken. Und dann war Spencer in ihr, hart und fest und füllte sie aus, bis sie nichts mehr außer ihm spürte.

Allison war hinterher so schwach, daß Spencer sie kurzerhand auf die Arme nahm und sie das Stück bis zum Wagen trug.

»Siehst du nun, was für eine Wirkung du auf mich hast?« murmelte sie vor sich hin.

»Was für eine denn?« wollte er wissen. »Eine gute oder eine schlechte?«

»Hm, das weiß ich selbst noch nicht so genau«, antwortete Allison und seufzte.

10

Bevor sie Hilton Head endgültig verließen, hielt Spencer noch einmal am Postamt an, wo sich eine Menge Briefe für ihn angesammelt hatten. Während der Rückfahrt nach Atlanta gab Allison ihrer Neugier nach und betrachtete die Briefmarken. Dänemark, England, Italien, Peru – Spencers Korrespondenz umfaßte den halben Erdball.

Sie merkte, daß er sie beobachtet hatte, und in diesem Augenblick meinte er: »Neugier hat schon manchen umgebracht, Allison.«

»Ich habe doch gar nichts gesagt«, widersprach Allison und schob die Briefe nach hinten auf den Rücksitz.

Spencer lachte. »Aber du hättest es gern getan.« Dabei legte er in einer besitzergreifenden Geste seine Hand auf ihren Oberschenkel.

Als sie wieder in Allisons Apartment waren, riefen sie als erstes Ann an. Sie hörten mit, wie Ann Davis begeistert mitteilte, daß sie wieder zurück seien und daß Davis vorschlug, sie sollten sich alle am Abend zum Dinner treffen.

Spencer und Allison waren schon in dem italienischen Lokal, als Ann und Davis eintrafen. Ann musterte rasch ihre Schwester, und es entging ihr natürlich nicht, daß Allison Glück und Zufriedenheit ausstrahlte.

Als sie Allison in die Arme nahm, flüsterte sie ihr zu: »Es ist wundervoll gewesen, nicht wahr?«

»Ja, es war wundervoll«, flüsterte Allison zurück.

Davis' Begrüßung jedoch war wesentlich gehemmter. Zwar schüttelte er freudestrahlend Spencers Hand, aber als er sich an Allison wandte, wirkte er steif und schrecklich verlegen. Es war das erste Mal, daß sie sich wieder trafen, nachdem er die Wahrheit über das Verwechslungsspiel der Schwestern erfahren hatte.

»Du, Allison ... weißt du, als ich dich ... na ja, ich meine ...« fing er an.

Ann zog ihn an seinem Jackett, und brav nahm er neben ihr Platz. »Du lieber Himmel, Davis, stell dich doch nicht so an!« meinte sie. »Es war doch nichts anderes als ein paar Küsse und ein paar harmlose Fummeleien zwischen euch!«

Davis wurde glühend rot und mußte ein paarmal schlucken. Sie alle lachten, aber Spencer legte besitzergreifend seinen Arm um Allison und sagte: »Wir tragen dir nichts nach, Davis, nur probier das in Zukunft nicht noch einmal aus!«

Als Davis endlich seine Verlegenheit überwunden hatte, wurde es noch ein ganz gemütlicher Abend mit einem guten Essen und viel italienischem Wein. Ann und Davis wunderten sich darüber, daß Allison plötzlich mehr als nur ein Glas vertrug.

»Spencer hat mir beigebracht, vernünftig mit Alkohol umzugehen«, erklärte sie lächelnd.

»Ich wette, er hat dir noch ganz andere Sachen beigebracht«, antwortete Ann.

Allison errötete leicht, und Spencer nahm ihre Hand und drückte einen Kuß darauf. »Aber auch Allison hat mich eine Menge gelehrt«, meinte er.

Ann und Davis hatten den Kaufvertrag für das Haus unterschrieben, und wie Allison es vorausgesehen hatte, war ihre Schwester von dem Haus begeistert. Nur der Makler hatte gestutzt, als Ann noch einmal das ganze Haus besichtigt hatte und so begeistert gewesen war, als wäre das alles völlig neu für sie.

Während Ann sich Gedanken darüber machte, in welchen Farben sie das Badezimmer halten sollte, langte Spencer unter dem Tisch nach Allisons Knie, und Allison hatte alle Mühe, dem zu folgen, was ihre Schwester sagte.

»Überleg dir doch mal, Liebling«, meinte Ann gerade, »es dauert jetzt nur noch ganz kurze Zeit, bis wir endlich in dem Haus wohnen werden.« Verträumt sah sie Davis an.

Allison aber beschloß, sich an Spencer zu rächen, und gab vor, seine Serviette wieder richtig hinlegen zu müssen. Sie strich eine nicht vorhandene Falte weg, zog hier etwas zurecht und dort und grinste Spencer an.

»Und in vier Wochen sind wir schon verheiratet«, fuhr Ann fort.

Spencer sprang so plötzlich auf, daß er fast seinen Stuhl umwarf. »Es ist schon längst nach Mitternacht, und Allison gehört ins Bett. Ich werde sie jetzt nach Hause bringen. Gute Nacht, ihr zwei.«

Dann zog er Allison hinter sich her nach draußen und ließ ein ziemlich verwirrtes Paar zurück.

Sie verbrachten zwei Tage und zwei Nächte in Allisons Apartment. Sie hatte Spencer nicht extra eingeladen, dies zu tun, weil es ihr selbstverständlich vorgekommen war, daß er blieb.

Am Sonntag gingen Allison und ihre Schwester, Davis und Spencer zusammen mit den Eltern der Zwillinge in die Kirche, und anschließend lud Mr. Leamon sie alle zum Brunch ein. Die Freundlichkeiten, mit denen ihre Eltern Spencer geradezu überschütteten, brachten Allison in Verlegenheit.

»Man hätte meinen können, ich sei eine alte Schreckschraube und meine Eltern hätten sich schon seit einer Ewigkeit vergeblich darum bemüht, mich unter die Haube zu bringen«, beschwerte sie sich, als sie zum Wagen zurückgingen. »Ich glaube, wenn Dad den Eindruck bekommen hätte, daß du dich aus dem Staub machen wolltest, wäre er nicht davor zurückgeschreckt, dich an deinem Stuhl festzunageln.«

»Du weißt doch genau, daß ich nie vor dir davon-, sondern immer hinter dir herlaufen würde«, antwortete Spencer und küßte Allison so leidenschaftlich, daß im Nu ihr ganzer Körper in Flammen stand. Den Rest des Tages verbrachten sie damit, zu faulenzen und sich zu lieben.

Aber noch an diesem Abend fiel Allisons Glück plötzlich in nichts zusammen. Sie war gerade in die Küche gegangen, um etwas zu trinken zu holen, und kehrte nun ins Schlafzimmer zurück. Zuerst wunderte sie sich noch, was Spencers Koffer auf dem Bett zu suchen hatte, aber dann begriff sie. Ihre Hände zitterten auf einmal so sehr, daß sie das Tablett schnell auf dem Nachttisch absetzen mußte.

Spencer faltete seine Sachen zusammen und legte sie ordentlich in den Koffer.

»Wohin willst du?« erkundigte sich Allison. Aber kam es überhaupt darauf an, welches Ziel er hatte? Es zählte doch einzig und allein nur, daß er sie überhaupt verließ. Sie hatte sich immer eingeredet, daß es ihr lieber war, sicher zu wissen, wann er ging, als tagelang darüber zu grübeln, wann er wohl gehen mochte. Aber nun, da es soweit war ... Allison glaubte, sie könnte den Schmerz nicht aushalten.

»Ich muß heute abend noch nach Hilton Head zurück.«

»Ich verstehe.«

Spencer verstaute noch ein Hemd im Koffer, dann sah er Allison an. »Nein, das tust du nicht«, antwortete er. Sanft drückte er sie auf das Bett, dann kniete er sich vor sie auf den Boden. Er nahm ihre Hände in seine und betrachtete sie leicht geistesabwesend.

Am liebsten hätte Allison ihre Hände aus seinem behutsamen Griff befreit. Warum benahm er sich so? Dachte er vielleicht, daß es sie weniger schmerzen würde, wenn er freundlich statt grausam zu ihr war?

»Allison, es warten ein paar wichtige Geschäfte auf mich, die ich nicht weiter aufschieben kann. Du hast ja diesen Stapel Briefe gesehen. Ich muß zurück und noch einmal auf der ›Double Dealer‹ nach dem Rechten sehen, bevor ich morgen nach New York fliege.«

Eins nahm Allison sich vor: Sie würde hier und jetzt nicht in Tränen ausbrechen, und falls Spencer das angenommen hatte, dann hatte er sich eben getäuscht. Und wenn sie etwas von ihm gelernt hatte, dann war es, daß sie eine schöne, begehrenswerte Frau war, und sie war sich endlich ihrer selbst sicher geworden. Sie würde ihn nicht anflehen zu bleiben.

»Du schuldest mir keine Erklärungen«, begann sie.

Spencers Lippen wurden plötzlich schmal. »Doch, natürlich schulde ich dir eine«, erwiderte er. »Oder hast du etwa geglaubt, ich würde mich ohne ein Wort davonmachen?«

Trotzig blickte Allison ihn an. »Ich weiß es nicht. Wolltest du es denn nicht?«

»Verdammt«, fluchte er vor sich hin und stand wieder auf. Er ging eine Weile auf und ab und fuhr sich nervös mit den Fingern durch das Haar. »Warum machst du nur alles so schwierig, Allison?« fragte er.

»Das tue ich nicht«, behauptete sie und stand auch auf. »Also, Spencer, wenn du gehen mußt, dann geh!«

»Natürlich muß ich gehen, das habe ich dir ja schon gesagt, auch wenn ich dich nicht verlassen will. Jedenfalls nicht, solange noch so vieles zwischen uns nicht geregelt ist.«

»Was sollte denn zwischen uns noch nicht geregelt sein? Ich finde jedenfalls, du hast deinen Teil des Abkommens gut erfüllt.«

»Was soll das denn heißen?« wollte Spencer wissen.

»Hast du schon wieder vergessen, daß wir beide ein

Baby zeugen wollten? Also, Spencer, ich danke dir für deine Bemühungen.«

Spencer murmelte ein Wort vor sich hin, bei dem selbst abgebrühtere Typen als Allison rot geworden wären. »Nun sag mir bloß nicht, daß dir die vergangene Woche nicht mehr bedeutet hat!« meinte er böse.

Natürlich war es eine Lüge, was denn sonst? Sah Spencer denn nicht, wie sie innerlich fast zerrissen wurde? Hatte er denn nicht gespürt, daß es ihr völlig egal gewesen war, ob sie nun schwanger wurde oder nicht und daß sie sich ihm aus keinem anderen Grund als aus Liebe hingegeben hatte? Hatte er denn schon so oft mit so vielen Frauen solche Tage verbracht, daß er mittlerweile völlig abgestumpft war und die Wahrheit nicht mehr erkannte?

»Du weißt genau, warum ich mit dir nach Hilton Head gefahren bin«, antwortete Allison und sprach jedes Wort sehr langsam aus, weil diese Lüge einfach nicht über ihre Lippen kommen wollte.

Er fluchte noch einmal, dann warf er den Deckel seines Koffers mit unnötiger Kraft zu. Das Schloß schnappte laut, als er den Verschluß betätigte. Irgendwie klang dieser Laut in Allisons Ohren sehr endgültig.

»Ich werde mich eine Weile nicht mit dir in Verbindung setzen können, Allison«, sagte Spencer schließlich. »Von New York aus fliege ich in die Türkei.«

Türkei? Du lieber Himmel, das lag ja am Ende der Welt! Nun ja, sie mußte sich eben damit abfinden, daß sie in zwei verschiedenen Welten lebten. Wie hatte sie nur je auf die Idee verfallen können, daß sie Spencer wirklich etwas bedeuten könnte? Er ging zur

Wohnungstür, blieb noch einmal stehen und wandte sich um. Er schien ihr noch eine ganze Menge sagen zu wollen, aber dann kam doch nur ein »Auf Wiedersehen, Allison« dabei heraus.

»Auf Wiedersehen!« Du bist und bleibst meine einzige Liebe, fügte Allison in Gedanken hinzu, als die Tür mit lautem Knall hinter Spencer ins Schloß fiel.

Dr. Hyden sah Allison überrascht, aber auch erfreut an, als sie wieder im Labor erschien. »Was ist denn das?« fragte er. »Doch nicht etwa ein neues Kleid?«

»Doch«, antwortete sie nur kurz und ging zu ihrem Schließfach, um ihre Handtasche dort unterzubringen. Am besten, sie fing jetzt schon an, sich an die neugierigen Fragen über ihr neues Aussehen zu gewöhnen und an die Frage über Spencer.

»Und wie geht es unserem Mr. Raft nach einer Woche Ferien?« erkundigte Dr. Hyden sich weiter und wippte dabei auf den Zehenspitzen auf und ab.

»Das letzte Mal, als ich ihn gesehen habe, ging es ihm sehr gut«, erklärte Allison, und wenn die ganze Sache mit Spencer ihr nicht immer noch solchen Kummer bereitet hätte, hätte sie am liebsten über die Neugier Dr. Hydens, die ihm so deutlich im Gesicht geschrieben stand, gelacht. »Ich weiß nicht genau, wo er jetzt ist. Und ich werde ihn auch wahrscheinlich nie wiedersehen.«

»Aber ich dachte . . .«

»Daß aus uns ein richtiges Paar werden könnte? Um Gottes willen, nein! Und jetzt sagen Sie mir lieber, wie es Rasputin geht. Hat er mich vermißt?«

Dr. Hyden, der im Moment wesentlich mehr an Spencer als an Rasputin interessiert war, aber klar verstanden hatte, daß Allison sich nicht weiter äußern wollte, verließ kopfschüttelnd den Raum.

Ann allerdings ließ sich von Allison nicht so leicht abspeisen wie ihr Chef. Sie rief Allison an, kaum daß die von ihrer Arbeit nach Hause gekommen war.

»Davis hat mir erzählt, daß Spencer letzte Nacht noch mit ihm telefoniert hat, als er schon auf dem Weg aus der Stadt war«, meinte Ann.

»Ja?«

»Allison, stell dich jetzt nicht so an und verrate mir sofort, was passiert ist!« forderte Ann.

»Nichts. Spencer mußte fort. Du weißt doch, daß er ständig unterwegs ist. Oder hast du im Ernst geglaubt, Ann, daß er länger hierbleiben würde?«

»Aber ... er ... du ... ich dachte, Davis und ich, wir dachten beide, daß ihr zwei ...«

»Unsinn, Ann«, widersprach Allison. »Das Ganze war nichts anderes als eine flüchtige Affäre. Und jetzt muß ich auflegen. Mein Kaffeewasser kocht.«

In der nächsten Zeit hatte Allison viel damit zu tun, Unterhaltungen über Spencer und neugierige Fragen in bezug auf sie beide geschickt zu ignorieren. Doch Spencer ganz aus ihren Gedanken streichen, das konnte sie nicht. Tagsüber konnte sie sich ja noch einigermaßen ablenken, aber jede Nacht träumte sie von ihm.

Allison sehnte sich nach seinen Zärtlichkeiten, sie wollte wieder die Frau sein, die sie in seiner Nähe gewesen war: selbstsicher, witzig, schön. Es stimmte nicht, was viele Leute behaupteten, daß es besser war, einmal geliebt und diese Liebe verloren als niemals geliebt zu haben. Denn nun wußte sie, was ihrem Leben früher gefehlt hatte und was ihr weiter fehlen würde, und sie wußte nicht, wie sie das noch länger aushalten sollte.

Sie war wütend auf Spencer, weil er sie verlassen hatte, und sie war wütend auf sich selbst, weil sie sich Sorgen um ihn machte. Wie mochte es ihm jetzt wohl gehen? War er gesund? War er glücklich? Und was hatte ihn überhaupt in ein so weit entferntes Land wie die Türkei getrieben?

Der Zeitpunkt, an dem Allison ihre Periode haben sollte, kam und ging vorbei, ohne daß etwas passierte. Allison wagte kaum zu hoffen. Es konnte tausend Gründe geben, warum ihre Periode sich verschoben hatte, vielleicht waren auch die vielen Aufregungen daran schuld.

Aber dann ging noch eine Woche vorbei und noch eine.

Am Freitag vor Anns Hochzeit machte Allison einen Schwangerschaftstest, und er fiel eindeutig positiv aus.

Und dann weinte Allison zum ersten Mal. Sie hatte keine Träne für Spencer vergossen, keine für ihr gebrochenes Herz, für ihre verlorene Liebe, für ihr nun wieder so leeres Leben. Aber nun legte sie ihren Kopf auf die Arme und weinte, als wollte sie nie wieder damit aufhören.

Sie würde ein Kind haben, ein wunderbares, intelligentes, schönes Baby, das ihr, ihr ganz allein gehörte. Sie wollte ihm all die Liebe geben, die sie hatte, all die Liebe, die Spencer ihr in der einen kurzen Woche geschenkt hatte. Und es mußte für ein ganzes Leben reichen.

Die Tüte in der Hand, in der das Kleid verpackt war, das sie als Trauzeugin tragen sollte, rannte Allison die Stufen zur Kirche empor. Sie war so spät dran, daß Ann sie sicher umbringen würde. Doch glücklicherweise war noch niemand von den anderen Gästen da.

Allison hatte geschlafen und den Wecker einfach überhört. In Windeseile hatte sie sich dann geduscht, ihre Haare gewaschen und geföhnt und dann ihre Fingernägel lackiert. Der rechte Daumennagel war verschmiert, aber Allison hoffte, daß dies niemandem auffiel.

Innen in der Kirche war es ziemlich dunkel, und Allison brauchte eine Weile, bis sie sich an das Dämmerlicht gewöhnt hatte. Dann lief sie den leeren Gang entlang zu dem Raum, wo die Braut und die Brautjungfern sich fertig machen sollten.

In diesem Augenblick ging eine Nebentür auf, und Allison sah die Umrisse eines Mannes, der auf sie zukam.

»Entschuldigen Sie, Miss«, wandte er sich an sie, »ich suche . . .« Beide blieben abrupt stehen, als sie einander wiedererkannten. Allison hatte nicht gewußt, ob Spencer auch zur Hochzeit kommen würde. Er war nicht bei der Generalprobe aufgetaucht, und als wäre es abgesprochen gewesen, hatte auch niemand seinen Namen erwähnt.

Unter einem Arm trug Spencer einen kleinen Koffer, und seinen Frack hielt er lässig in der anderen

Hand. Er sah ein bißchen zerzaust aus, so, als wäre er in großer Eile gekommen. Und mit den Jeans und Turnschuhen wirkte er in der festlich geschmückten Kirche irgendwie fehl am Platz. Er schien auch müde und abgespannt. Zum ersten Mal fiel Allison auf, daß er Falten hatte.

Dennoch schien es für sie in diesem Augenblick keinen besser aussehenden Mann auf der ganzen Welt zu geben.

Doch in diesem Moment wurde ihr auch bewußt, daß sie selbst einfach unmöglich wirken mußte. Sie hatte zu Hause die Haare schnell noch auf Wickler gedreht und nicht einmal ein Tuch darüber gezogen, sie hatte kein Make-up aufgelegt und trug ihre Brille statt der Kontaktlinsen. Ihre Jeans stammte noch aus ihrer High-School-Zeit, und das T-Shirt hatte sie klammheimlich wieder aus der Schachtel geholt, in die ihre Mutter es für irgendeine Altkleidersammlung gelegt hatte.

»Hallo, Allison.«

»Hallo«, antwortete sie und wünschte sich, daß ihre Stimme fester und zuversichtlicher geklungen hätte.

»Ich bin spät dran.«

»Ich auch.«

»Ich bin gerade erst aus New York gekommen.«

»Oh. Wie war deine Reise?« erkundigte Allison sich höflich.

»Lang und ermüdend.«

Spencer hatte sie keine Sekunde aus den Augen gelassen, doch jetzt meinte Allison: »Nun ja, ich muß mich umziehen. Ich wette, Ann ist schon ...«

»Eine Sekunde noch, Allison«, unterbrach Spencer

sie und stellte sich so hin, daß er ihr den Weg versperrte. »Ich möchte noch etwas wissen.«

Nervös fuhr Allison sich mit der Zunge über die Lippen. »Was denn?« fragte sie.

»Bist du von mir schwanger?«

Was hatte sie erwartet? Takt? Einfühlsamkeit? Von diesem Mann? Allison sah sich um, um sich zu vergewissern, daß auch niemand in der Nähe war, der sie belauschen konnte, doch dann kehrte ihr Blick wieder zu Spencer zurück. Er war so . . . nun, einfach alles, was eine Frau sich nur wünschen konnte. Sie hatte das Gefühl, als wäre die Zeit zurückgedreht worden und als erblickte sie Spencer wieder zum ersten Mal klar vor sich. Doch nun mischte sich die Erregung, die sie damals wie jetzt empfunden hatte, mit Traurigkeit. Mit Spencer zusammen hatte sie das Glück kennengelernt – und sie hatte es wieder verloren.

Vielleicht freute er sich ja wirklich auf das Kind. Vielleicht fühlte er Zuneigung für sie. Aber sie beide, sie und Spencer, waren einfach zu unterschiedlich, und in ihrer Beziehung hatte es deswegen von Anfang an keine Hoffnung auf Beständigkeit gegeben. Das hatte Allison immer gewußt. Daß sie nun ein Kind von ihm erwartete, änderte nichts, aber auch absolut nichts daran. Und selbst wenn er aus einem Gefühl der Verpflichtung heraus bei ihr blieb, wem nützte das schon? Er würde ihr doch immer vorwerfen, ob offen oder heimlich, daß sie ihn an sich gebunden hätte, und das würde er sie spüren lassen. »Nein, Spencer«, sagte Allison. »Ich erwarte kein Baby.«

Wieder öffnete sich eine Tür, und beide zuckten zusammen, als sie mit einem Knall gegen die Wand schlug. Davis kam in die Kirche, und er wirkte ganz so, wie man sich einen nervösen, leicht verwirrten Bräutigam vorstellt.

»Spencer, Gott sei Dank, daß du hier bist!« rief er. »Ich wollte dir schon eine Polizeieskorte zum Flughafen entgegenschicken. Und du, Allison, bist du immer noch nicht umgezogen?«

»Nein«, antwortete sie und drückte sich an Spencer vorbei. »Und ich werde mich jetzt wohl beeilen müssen, sonst spricht Ann nie wieder ein Wort mit mir.« Sie lief den Gang hinunter, aber ihre Munterkeit war nur gespielt und konnte jeden Augenblick zusammenbrechen.

»Willst du, Davis Harrington Lundstrum, diese Frau zu deinem angetrauten Weib nehmen...«

Davis und Ann antworteten dem Priester so leise, als wollten sie die Feierlichkeit der Handlung durch keinen lauten Ton stören. Die Kerzen flackerten schwach, und die ganze Kirche war erfüllt vom Duft der Sommerblumen. Durch die bunten Fenster fiel das helle Sonnenlicht in das düstere Innere der Kirche.

Allison war sich die ganze Zeit der blauen Augen bewußt, die sich keine Sekunde von ihr abwandten. Sie wußte, daß ihr Kleid ihrem Teint schmeichelte, und sie wußte auch, daß es ihre gute Figur betonte.

Aber war das vielleicht ein ausreichender Grund dafür, daß dieser Mann sie ständig anstarrte? Daß er so wirkte, als wollte er vor innerer Anspannung gleich explodieren und als wollte er jeden Augenblick den Priester und das Brautpaar beiseite schieben, um nach ihr zu greifen?

Selbst während sie alle in ein Kirchenlied einstimmten, das Allison unendlich lang vorkam, nahm Spencer nicht seinen Blick von ihr. Braut und Bräutigam hielten die Köpfe gesenkt, doch jedesmal, wenn Allison verstohlen in Spencers Richtung sah, schaute sie direkt in seine blauen Augen.

Falls er vorgehabt hatte, ihr die ganze feierliche Stimmung zu ruinieren, nun, dann war ihm das gelungen. Allison hatte von der ganzen Zeremonie kaum etwas mitbekommen. Und als der Priester dann sagte: »Nun können Sie Ihre Braut küssen«, sprang Allison so abrupt auf, als wäre sie gerade aus einer tiefen Trance erwacht.

Sie drückte Ann den Brautstrauß in die Hand, und so, wie sie es geübt hatten, gingen nun Braut und Bräutigam den langen Gang entlang. Jemand mußte Spencer noch schnell instruiert haben, denn er bot Allison den Arm, so daß sie sich wohl oder übel bei ihm einhängen und neben ihm dem Brautpaar folgen mußte.

Als sie schließlich vor der Kirchentür standen, wandte Spencer sich Allison zu, drängte sie gegen die Wand, so daß sie ihm nicht entkommen konnte, und sagte: »Ich muß dich noch zwei Dinge fragen.«

Die Fotografen riefen ihre Anweisungen, wie das frischvermählte Paar und die Gäste sich aufstellen sollten, dann drängten alle zu den Autos, die sie in den Club bringen sollten, wo der Empfang stattfand.

»Wir kommen gleich nach«, informierte Spencer die

anderen und ließ Allison noch immer nicht los. »Zwei Fragen«, wiederholte er.

»Wir müssen mit den anderen fahren«, drängte sie, doch Spencer schüttelte nur den Kopf.

»Erst wirst du mir antworten«, meinte er fest.

»Dann sprich wenigstens leise, Spencer«, bat Allison ihn.

»Gut«, stimmte er zu und senkte die Stimme. »Noch einmal: Erwartest du ein Baby von mir?«

»Ich habe dir schon gesagt, daß ich *nicht* schwanger bin!«

»Du bist eine verdammt schlechte Lügnerin, Allison.«

Allison blickte über seine Schulter und sah, daß ihre Eltern und ein paar Gäste sie neugierig beobachteten. »Du solltest hier nicht fluchen«, sagte sie leise.

Spencer schüttelte sie leicht. »Allison, ich will eine ehrliche Antwort von dir, und du weißt ganz genau, daß du mich nicht belügen kannst.«

Sie hob ihren Blick zu Spencers Gesicht, und als sie ihm in die Augen schaute, konnte sie einfach nicht mehr lügen. »Ja«, gab sie zu. Für einen Moment glaubte sie erkennen zu können, wie sein Gesicht weich wurde, und unsicher fügte sie hinzu: »Ich wollte es dir ja gar nicht verschweigen, ich wollte nur . . .« Doch Spencer ließ sie nicht ausreden. »Frage Nummer zwei: Liebst du mich, Allison?«

Allison starrte ihn an. Mit dieser Frage hatte er sie vollkommen aus dem Konzept gebracht. »Was hast du gerade gesagt?« meinte sie schließlich.

Er trat einen Schritt näher, und plötzlich schien

seine Stimme zu schwanken, als er seine Frage wiederholte: »Liebst du mich?«

Es war seine Angst, die sie in diesem Augenblick rührte, diese herzergreifende Angst – etwas, was sie nie in ihm vermutet hätte. Es schien, als hinge sein ganzes Leben von ihrer Antwort ab.

»Und du würdest es auch wirklich merken, wenn ich lüge?« wollte Allison wissen.

»Ja. Du kannst mir einfach nichts vormachen.«

»Ich liebe dich, Spencer.«

Da zog er sie an sich und hielt sie so fest, als wollte er sie nie wieder loslassen. »O Allison, das mußte ich einfach wissen«, flüsterte er ihr zu. »Ich mußte es einfach von dir hören.« Endlich gab er sie wieder frei und griff nach ihrer Hand. »Komm, mein Liebes«, sagte er, während er sie hinter sich herzog, »jetzt können wir gehen.«

Allisons Eltern sahen ihnen verwirrt hinterher, mindestens genauso verwirrt wie das Brautpaar selbst.

»He, wohin wollt ihr?« rief Davis, als er merkte, daß Spencer gar nicht auf ihn und Ann achtete, sondern auf einen Wagen zusteuerte, der ein ganzes Stück entfernt geparkt war.

Allison immer noch hinter sich herziehend, kam Spencer noch einmal zurück und schüttelte Davis herzlich die Hand. »Die Trauung war sehr schön, alter Freund. Ann . . .« Er küßte die Braut kurz auf die Lippen. »Viel Glück euch beiden.«

»Aber wohin willst du denn?« fragte Davis noch einmal, als Spencer Allison wieder zu dem anderen Auto zog.

»Warte hier«, bat er sie, und sie gehorchte ihm brav

und blieb mitten auf der Straße stehen. Spencer rannte noch einmal zu Davis zurück, flüsterte ihm etwas ins Ohr und kam dann wieder zu Allison. Schnell schob er sie in seinen Wagen.

Als Spencer losgefahren war, wandte Ann sich an ihren Mann. »Was hat er zu dir gesagt?« wollte sie wissen. »Wohin fahren die beiden?«

Davis zupfte an seinen Fingern herum und blickte verlegen zu seinen Schwiegereltern hin. »Spencer meinte nur, wir beide hätten zwar die Hochzeit gehabt, aber mit den Flitterwochen seien jetzt er und Allison dran.«

Als sie an Bord der ›Double Dealer‹ gingen, trug Allison immer noch ihr langes Kleid und Spencer seinen Frack. Während der Fahrt hatte er sich nur die Fliege vom Hals gezogen und sein Hemd ein Stück aufgeknöpft.

Und Allison hatte nicht widerstehen können, über seine nackte Brust zu streichen.

»Du wirst uns beide noch umbringen«, hatte Spencer vor sich hingebrummt.

»Gut, dann höre ich eben auf.«

»Wage es bloß nicht!« Spencer hatte nach ihrer Hand gegriffen und sie an sein Herz gedrückt.

Und nun half er ihr die Stufen hinunter unter Deck. Sie nahmen sich noch nicht einmal die Zeit, Licht anzumachen, als sie sich wie ausgehungert in die Arme fielen. Spencers Kuß schien nie mehr enden zu wollen, doch schließlich mußten sie einander loslassen, damit sie wieder zu Atem kamen.

»Willst du mich heiraten, Allison?« flüsterte Spencer ihr ins Ohr.

»Nachdem du mich vor so vielen Leuten vor der Kirche praktisch entführt hast? Jetzt bleibt mir doch gar nichts anderes mehr übrig!«

Er knabberte an ihrem Ohrläppchen. »Du hättest mich doch auch so geheiratet, oder?«

»Ja«, gab sie zu und stöhnte auf, als seine Hand sich von ihrer Taille löste und sich dann um ihre Brust schloß. Doch dann schob sie ihn ein Stückchen von sich weg. »Aber nur unter einer Bedingung!«

»Und die wäre?« wollte er wissen und zog sich den Frack aus.

»Du erzählst mir endlich, womit du dir deinen Lebensunterhalt verdienst.«

Spencer seufzte und warf die Jacke über einen Sessel. Einen Augenblick zögerte er, und als er Allison dann anblickte, schien er ein bißchen unsicher zu wirken. »Es wird dir nicht gefallen, Allison«, meinte er schließlich. Er schüttelte den Kopf. »Aber ich muß wohl mit der Wahrheit herausrücken und dir meinen Safe zeigen.«

»Deinen Safe?« wiederholte Allison.

»Ja. Dort bewahre ich nämlich die Ware auf.«

Spencer machte das Licht an, dann ging er zu einem der Gemälde an der Wand. Er schob es beiseite, und Allison erkannte, daß dahinter ein Safe eingelassen war. Ihr Herz fing an zu klopfen, während Spencer die Kombination einstellte, dann schwang die Tür des Safes auf. Allison hatte sich mittlerweile darauf gefaßt gemacht, alles mögliche zu sehen, Geheimakten, Rauschgift oder sonst etwas Schreckliches.

Sie hielt den Atem an, als Spencer langsam ein paar flache Schachteln herauszog. Was mochte darin sein? Gestohlene Juwelen vielleicht?

Spencer hielt ihr die Schachtel hin. »Hier sind die Sachen, mit denen ich handele«, sagte er.

Allisons Hände zitterten, als sie die erste Schachtel vorsichtig öffnete.

»Briefmarken?« Ihre Stimme klang ganz hoch und schrill, und sie sah Spencer ungläubig an. »Briefmarken?«

»Nicht einfach gewöhnliche Briefmarken«, versuchte er ihr zu erklären.

»Du mußt wissen, daß dies . . .«

Doch er kam nicht weiter. »Briefmarken!« schrie Allison ihn an.

Spencer richtete sich zu seiner ganzen Größe auf. »Ja. Briefmarken. Ich bin Philatelist. Jemand, der Marken sammelt.«

Allison wollte gar nicht mehr aufhören zu lachen, als sie sich erleichtert auf das Bett fallen ließ. Die Schachtel hielt sie immer noch in der Hand. »Und weshalb machst du ein so großes Geheimnis daraus?« fragte sie, als sie sich wieder einigermaßen beruhigt hatte. »Warum erzählst du niemandem, was du tust?«

»Weil alle so dämlich reagieren wie du, deshalb! Na ja, und du mußt wohl selbst zugeben, daß das nicht gerade eine sehr männliche Beschäftigung ist, oder?«

»Davis glaubt fest, daß du . . . daß du . . .«

»Ich weiß, Allison«, unterbrach Spencer sie. »Das glauben die meisten Leute, die ich kenne. Na und? Selbst wenn sie glauben, daß ich irgend etwas Illegales mache, was ist schon dabei?«

»Ich kann es immer noch nicht fassen!« meinte Allison.

»Bist du denn jetzt enttäuscht?«

»Natürlich nicht«, antwortete sie, doch dann warf sie einen Blick auf die luxuriöse Einrichtung. »Bringt das denn wirklich soviel Geld?«

Spencer grinste und senkte seine Stimme. »Mir geht's nicht darum, ob auf den Marken ein hübsches Bildchen drauf ist oder so, sondern ich habe mich auf seltene Marken spezialisiert.«

»Und warum?«

»Wegen des Geldes«, sagte er und zwinkerte ihr zu. »Man muß nur immer den richtigen Zeitpunkt erwischen; kaufen, eine Zeitlang, vielleicht sogar ein paar Jahre warten, bis der Wert gestiegen ist, und dann weiterverkaufen.« Er lächelte.

»Natürlich habe ich die ganz besonders wertvollen Marken nicht hier an Bord. Die, die du in der Hand hast, sind nur ein paar hunderttausend Dollar wert.«

Ungläubig starrte Allison auf die Schachtel. »Willst du allen Ernstes behaupten, diese Dinger hier seien so teuer?«

»Wirst du endlich aufhören, in einem so abfälligen Ton von ›diesen Dingern‹ zu reden? Das sind nicht einfach Marken, die man auf die nächstbeste Postkarte klebt und dann wegschickt. Das sind kleine Kunstwerke.«

Allison konnte nur den Kopf schütteln.

»Das ist mir einfach zu hoch. Aber trotzdem weiß ich noch nicht, ob ich dir verzeihen kann, daß du so ein Geheimnis daraus gemacht und mich hast denken lassen, daß du irgend etwas Schreckliches tust.«

»Willst du mich trotzdem heiraten?«

»Ich glaube schon«, antwortete sie und seufzte.

»Gut«, meinte Spencer zufrieden. »Ich bin nämlich ganz verrückt nach dir.«

»Aber wirst du dann auch weiter in so unmögliche Länder wie die Türkei reisen und mich monatelang allein lassen?«

»Ich habe schon Pläne gemacht«, antwortete er. »Ich werde mich fest niederlassen, vielleicht sogar in Atlanta. Schließlich hast du dort ja deine Arbeit und deine Familie. Und wenn ich mal eine ganz besonders interessante Gelegenheit habe, dann kannst du mich mit dem Kind begleiten. Wie findest du das?«

»Nicht schlecht«, erwiderte Allison und kam ihm entgegen, als er sie hochzog und anfing, sie auszuziehen. Seine Hände schienen überall auf ihrem Körper zu sein, sie zu streicheln, sie zu liebkosen.

»Was ist nicht schlecht?« wollte er wissen, bevor er sie auf den Nacken küßte.

»Meine Pläne oder das hier?«

»Beides«, erklärte Allison ein bißchen atemlos, weil er nun ihre Brüste küßte und dann mit seinen Lippen tiefer wanderte. Als Spencer vor ihr kniete, strich er ihr leicht über den Bauch. »Ich freue mich schon auf das Baby«, meinte er leise.

»Ich auch. Spencer, es wird einfach ein Prachtkind, nicht wahr?«

»Natürlich«, bestätigte er, »und ich werde es genauso lieben wie seine Mutter.« Dann stand er auf und legte Allison auf das Bett.

»Du bist noch nicht ausgezogen«, murmelte sie zwischen zwei Küssen. »Bitte, beeil dich. Ich kann es kaum noch erwarten.«

»Ich auch nicht«, antwortete er, und seine Stimme klang rauh vor Begehren.

Als Allison sich bemühte, ihm beim Ausziehen zu helfen, lachte er leise vor sich hin. »Ist das dieselbe schüchterne junge Frau, mit der ich vor ein paar Wochen hier auf der Jacht war?« fragte er. »Und bist du jetzt immer noch schüchtern?«

»Nein, Spencer, denn ich liebe dich.«

»Wirklich?«

»Ja.«

»Dann zeig es mir!«

Und genau das tat Allison auch.

ENDE